Ernst von Bergmann

Die Behandlung der Schusswunden des Kniegelenks im Kriege

Antigonos

Ernst von Bergmann

Die Behandlung der Schusswunden des Kniegelenks im Kriege

Unveränderter Nachdruck der Originalausgabe von 1878.

1. Auflage 2024 | ISBN: 978-3-38672-529-3

Antigonos Verlag ist ein Imprint der Outlook Verlagsgesellschaft mbH.

Verlag: Outlook Verlag GmbH, Zeilweg 44, 60439 Frankfurt, Deutschland, info@outlook-verlag.de
Vertretungsberechtigt: E. Roepke, Zeilweg 44, 60439 Frankfurt, Deutschland
Druck: Libri Plureos GmbH, Friedensallee 273, 22763 Hamburg, Deutschland

DIE BEHANDLUNG

DER

SCHUSSWUNDEN DES KNIEGELENKS

IM KRIEGE

VON

ERNST BERGMANN

EHEMALIGEM CONSULTANT-CHIRURGEN DER KAISERLICH RUSSISCHEN DONAU-ARMEE

NACH SEINER ANTRITTS VORLESUNG AN DER

KÖNIGLICHEN JULIUS-MAXIMILIANS-UNIVERSITÄT IN WÜRZBURG 1878.

STUTTGART.

VERLAG VON FERDINAND ENKE.

1878.

Druck von Gebrüder Kröner in Stuttgart.

EDIT BARONESSE VON RADEN

HOFDAME IHRER MAJESTÄT DER KAISERIN VON RUSSLAND

GEWIDMET.

Hochgeehrte Herren und Commilitonen!

An dem Tage, da in den altehrwürdigen Hallen des weltberühmten Julius-Spitals ein neuer Lehrer sich Ihnen vorstellt, erwarten und verlangen Sie von ihm, dass mit dem Eintreten in die Tagesarbeit er auch entwickele und bekenne, wie er sich zu den Tagesfragen der Chirurgie gestellt hat und welche eigenen Erfahrungen ihn hierbei geleitet und seine Ueberzeugungen gefestigt haben.

In der Geschichte der modernen Chirurgie sehen wir zwei, aber von Grund aus verschiedene Stimmungen unter den Fachgenossen walten und wandeln. Bald ist es ein überaus gesteigertes Vertrauen in ihre Leistungsfähigkeit, welches sie beseelt, bald ein Verzweifeln an derselben. Als Boyer vor nun schon 65 Jahren niederschrieb, dass seiner Ansicht nach die Chirurgie bereits den höchsten Grad ihrer Vollkommenheit erreicht habe, gab er der einen Richtung den vertrauensseligen Ausdruck, und als Pirogoff vor kaum 20 Jahren gestand, dass die mechanische Fertigkeit des Operateurs und die Verschiedenheit seiner Kurmethoden immer nur bei der Heilung der Kranken eine untergeordnete Rolle spielen, ja dass bei allen eingreifenderen Operationen die Möglichkeit der Heilung leider unzertrennlich mit der Wahrscheinlichkeit eines schnellen Todes verknüpft ist, da sprach er im Gefühl der chirurgischen Ohnmacht.

Diese gegensätzlichen Stimmungen der Chirurgen fallen regelmässig zusammen mit dem Vorherrschen einer der beiden Richtungen, welche in der chirurgischen Disciplin zusammengefasst sind. Man erhebt sich zu triumphirender Sicherheit, sowie die Kunst in der Chirurgie, ihre technische Seite, durch eine neue und eine bedeutende Erfindung weit vorgeschritten ist, und man versinkt in Misstrauen gegen sein bestes Können, sowie neue Entdeckungen der Wissenschaft ihr Licht auf Gebiete werfen, die bis dahin verschleiert waren und von uns übersehen wurden.

Als Ambroise Paré die Gefässligatur erfunden hatte, welche Hoffnungen durfte man damals an die Regel knüpfen, mit dem Bindfaden alles das zu umschnüren, was der Blutung Quelle war! Es kam aber die Entdeckung des Kreislaufs und mit ihr die Kenntniss von den collateralen Bahnen. Man lernte den Gefässverschluss kennen und die Schicksale des Thrombus. Da wurde die Häufigkeit der Ligaturblutungen verständlich und auf ein Mal das Bedürfniss nach anderen Mitteln geweckt. Schon Scarpa suchte nach solchen, und noch in den Kriegslazarethen von 1870 und 71 gehörte dieses Suchen und Mühen zur chirurgischen Tagesordnung.

Wenn die Entdeckungen der Wissenschaft gegen die Erfindungen der Kunst, und seien diese auch so grossartig wie die Gefässligatur, es war, den Kampf heraufbeschwören, so müssen wir den Grund hierfür in dem natürlichen Antagonismus suchen, in welchem die Freiheit der wissenschaftlichen Forschung zur Gebundenheit der handwerksmässigen Schablone steht.

Die gewöhnliche Technik eines ausübenden Künstlers hält sich an die überkommene Regel und kennt nur ein Verdienst: das strenge Befolgen derselben. Anders die chirurgische Kunst. Dem Chirurgen ist die Regel, nach welcher er handelt, das Vergängliche und Wechselnde, das Bleibende aber sind ihm die Forderungen seiner Wissenschaft. Das ist der Grund, warum jetzt, wie jederzeit das chirurgische Können durchaus an das chirurgische Wissen geknüpft ist.

Die Klinik hat eine doppelte Arbeit zu leisten. Sie hat ein Mal die richtige Anwendung der zur Zeit als richtig erkannten Maximen zu lehren. In diesem Sinne ist sie die Stätte der täglichen, technischen Uebung. Die Klinik hat aber auch den Inhalt des chirurgischen Forschungsgebiets zu entwickeln und stetig zu fördern. Im Suchen nach Ursache und Zusammenhang derjenigen Erscheinungen, welche diesen Inhalt bilden, finden wir die Regeln und die Principien unserer Handlungen. Da aber unser Forschen nicht stille steht, sondern mit den gesammten biologischen Wissenschaften rastlos weiter schreitet, verrichten wir an unseren Vorschriften des Chronos Werk, wir selbst vernichten heute vielleicht schon das, dem wir gestern erst das Leben schenkten.

Wir stehen augenblicklich inmitten einer Strömung, die von der Technik, einer besonderen Verbandtechnik, das Heil unserer Operirten und Verwundeten erwartet. So sicher sind wir geworden, so fest bauen und rechnen wir auf die Leistungen unserer Kunst, dass wir nicht anstehen, die Verantwortung für das Missglücken und Fehlschlagen uns selbst zuzuschieben und aufzubürden. Das Erysipel und die Wundphlegmone, welche den Chirurgen früherer Tage unvermuthet und unverschuldet um den Erfolg seiner besten Operationen brachten, heute sind sie nicht Plagen und Geisseln der Chirurgie, sondern Todsünden des behandelnden Chirurgen.

Unerhört Grosses hat die Technik des antiseptischen Verfahrens geleistet! Wer hätte noch vor wenig Jahren es für möglich erachtet, 70 complicirte Fracturen dem Leben zu erhalten, der Reihe nach 70 dieser schweren Verletzungen, ohne einen einzigen Todesfall[1]). Sie selbst, meine Herren, sind Zeugen eines Eingriffs beim Genu valgum gewesen, der im vorigen Semester hier so ausserordentliche Resultate gab[2]) und den vor 2 Jahren jeder Chirurg noch perhorrescirt hätte.

Und trotz all' dieser grossen Zahlen und glänzenden Erfolge ist Lister's Verbandmethode doch nichts anderes als eine technische Vorschrift, welche, wie jede derselben, ein vergängliches und wandelbares Mittel zur Lösung der Aufgaben ist, die, die wissenschaftliche Chirurgie aus ihrer Forschung am Krankenbette und im Sectionssaal, aus ihren Arbeiten im Laboratorium und am Versuchsthier gewonnen und gestellt hat.

Indem die Klinik die präcise Befolgung der Vorschrift lehrt, indem sie Entwurf und Ausführung zu immer grösserer Kunst bessert und übt, stellt sie obenan die allzeit gegenwärtige Erkenntniss von dem, wie die Vorschrift, die wir befolgen, entstand und ward, und von dem, was die Regel, nach der wir uns richten, erfüllen will, kann und soll. Dann ergeben sich die Grenzen ihrer Bedeutung ebenso von selbst, wie

---

[1]) Volkmann: Sammlung klinischer Vorträge Nr 96 über den antiseptischen Occlusivverband. — Schede: Chirurgisches Centralblatt für 1877. — Moritz: Petersburger medicinische Wochenschrift. 1877.

[2]) Riedinger: Verhandlungen des siebenten Congresses deutscher Chirurgen in Berlin. 1878.

sich von selbst aufthun die Forderungen und Probleme zu neuer Arbeit und zu stetem Weiter-Fragen und Forschen.

Billroth's Studien über das Wundfieber inaugurirten und begründeten die neue Aera der Chirurgie. In einer Reihe klinischer und experimenteller Arbeiten wurde Schritt für Schritt die Ursache der Verschiedenheit im Wund-Verlaufe erkannt und aufgedeckt. Wir fanden den Grund der Störungen, deren Auftreten wie Ausbleiben uns bis dahin gleich räthselhaft war, in den Wirkungen der Producte des fauligen und entzündlichen Gewebezerfalls. Wohl war der differente Verlauf der offenen und der subcutanen Wunden schon lange bekannt, aber erst als der Grund der Verschiedenheit erforscht und entdeckt war, wurde die Beobachtung so fruchtbar für die Wundbehandlung, als sie es im Augenblicke ist. Weil die Bedingungen zur Fäulniss in denjenigen Wunden fehlen, welche von der Luft abgeschlossen sind, kann die grösste subcutane Verletzung einer ganzen Extremität ungleich milder verlaufen, als ein Nadelstich in den Finger. Das erweiterte Wissen zeichnet sofort dem Wundarzte seine Aufgaben. Er soll jeden Fäulniss- und Zersetzungs-Process innerhalb der offenen Wunde verhüten und bannen, damit sie gleich der unterhäutigen ohne Fieber, ohne Eiterung, ohne Phlegmone und Phlebitis, ohne Septicämie und Pyämie, mit dem geringsten Aufwand von Zellenthätigkeit und rascher Inosculation von Rand zu Rand sich schliesst.

Dieser Aufgabe wollen wir, meine Herren, in unserer täglichen, klinischen Arbeit gerecht zu werden suchen. Wir desinficiren bei unseren verletzenden Eingriffen unsere Finger, Sonden und Messer, wir suchen es so einzurichten, dass während unseres Operirens nur eine solche Luft an die Wunde tritt, die von den in ihr schwebenden Zersetzungserregern befreit ist. Wir reinigen, ehe wir eine Wunde schliessen und verbinden, sie bis in alle ihre Tiefen und Taschen, um sie von den etwa eingedrungenen Noxen zu befreien. Wir sorgen dafür, dass in ihr kein Material, welches zur Zersetzung geeignet ist, sich ansammelt und anhäuft, indem wir durch eine berechnete und reichliche Drainage jeden Tropfen Blut und Transsudat nach aussen leiten. Wir führen das Aussickernde sofort in Stoffe, die es aufsaugen und durch Contact und Mischung mit geeigneten Mitteln vor der Fäulniss schützen. Wir wählen und ordnen endlich unsere Verbände so an, dass sie möglichst lange liegen bleiben, um, statt durch Anrühren und Bewegen neu zu verletzen, in Ruhe und ungestört die Vereinigung des Getrennten anzustreben.

Das ist der Sinn und die Idee des antiseptischen Occlusiv-Verbandes, welcher in Lister's und Volkmann's Anweisungen und Regeln bis heute seine beste und vollkommenste Realisirung gefunden hat.

Wenn Sie diese Zwecke festhalten, meine Herren, so werden Sie sich gern und mit der dazu nöthigen Geduld im Erlernen der mühsamen Technik üben. Sie werden, je geschickter Sie die Uebung macht, desto mehr sich in die leitende Idee vertiefen und dadurch auch für die Fälle heilsamen Gewinn davontragen, wo Sie an der typischen Application und der strengen Durchführung der Methode gehindert sind.

Ich spreche hierin aus eigener Erfahrung. Gestatten Sie mir, meine Herren, dieselbe als eine Illustration für das eben Gesagte zusammenzufassen. Ich thue das heute um so lieber, als ich im Wiedergeben dieser Erfahrungen eine Gabe meiner neuen Stellung zubringen darf. Das Material, welches mir selbst zum Lehrmeister wurde, soll meinen Schülern in dem Lichte vorgeführt werden, in dem ich die Tagesarbeit der Klinik betrachtet wissen möchte: als ein Aufnehmen, Einüben und Ausnützen des Ueberkommenen, um dasselbe jedem Einzelfalle in besonderer Weise anzupassen, und um dann an der gewonnenen Erfahrung die alte Anschauung zurechtzustellen und Neues für die Zukunft von Kunst und Wissenschaft zu schaffen.

An den Erfahrungen über die Schussverletzungen des Kniegelenks, während meiner Thätigkeit als Consultant-Chirurg der Kaiserlich Russischen Donau-Armee möchte ich die Bedeutung erläutern, welche die Grundsätze unserer modernen Wundtherapie auch für den Krieg und die Kriegschirurgie schon jetzt besitzen.

Die Knieschüsse sind zum Prüfstein unserer Behandlungsweisen besonders geeignet, weil, was man auch mit ihnen anfing, in zweifelhaften und ungenügenden Resultaten abschloss. Hatte man in den vergangenen Kriegen unseres kriegerischen Jahrhunderts allen Grund, mit den Ergebnissen der Behandlung von Schussverletzungen der Schulter, des Ellbogens, des Sprunggelenks zufrieden zu sein, so drückten die schlechten Zahlen der Kniewunden die Gesammtstatistik um so tiefer herab. In den grossen Zahlen des amerikanischen Bürgerkrieges findet dieses unheilvolle Verhältniss seinen Ausdruck. Von 1000 Schussverletzungen des Ellbogengelenks starben 194 und von 1000 im Knie Verletzten 837! Die proportionale Gefährlichkeit nimmt also zwischen Ellbogen und Knie noch ungleich mehr zu, als die Masse der diese Gelenke constituirenden Theile.

Angesichts solcher Erfahrungen ist es begreiflich, dass die Kriegschirurgen sich der günstigen Resultate ihrer primären Oberschenkel-
Amputationen erinnerten und den Maximen, welche Stromeyer lehrte,
treu blieben. Nur die Frage, ob primär bei den Schusswunden des
Kniegelenks zu amputiren oder zu reseciren sei, wurde noch discutirt,
dass einer dieser operativen Eingriffe nothwendig, schien festgestellt und
ausgemacht. Allein im deutsch-österreichischen und im deutsch-fran-
zösischen Kriege rüttelten und rührten an diesen ärztlichen Ueberzeugungen neben einer Reihe von Einzelbeobachtungen hauptsächlich
die Lehren Langenbeck's und die Experimente Simon's. Die Rede
Langenbeck's zur Stiftungsfeier des Friedrich-Wilhelm-Instituts vom
Jahre 1868 eroberte der conservativen Behandlung der Kniegelenks-
Wunden wieder Terrain und Simon's Versuche mit der Durchstossung
des Gelenks ohne Läsion der Gelenkkörper waren dazu geeignet, die
Kategorie von Fällen, welche der conservativen Therapie zugänglich
waren, von denen zu trennen, welche von vornherein operativ angegriffen werden sollten. Dieses Mühen einer Unterscheidung zwischen
den Schusswunden des Gelenks, je nachdem bloss die Kapsel getroffen
ist, oder Knorpel und Knochen ohne Splitterung gestreift, durchfurcht
und durchbohrt sind, oder endlich die Gelenkkörper in mehrere Stücke
gebrochen und zerschmettert waren — dieses Eintheilen der Knieschüsse
wird in jeder Mittheilung über dieselben bis in die neueste Zeit versucht.

Durch hinlänglich viele Sectionsbefunde und durch die Experimente
Simon's steht es fest, dass nicht jede Kugel, welche das Kapselband
öffnet, auch eines der Gelenkenden contundiren muss. Ebenso lässt
sich bei bestimmten Richtungen des Schusskanals mit annähernder
Sicherheit die blosse Kapselverletzung, also das Fehlen einer Knochen-
wunde oder Knochenfractur diagnosticiren. Diese Richtungen sind
durch Simon bekannt geworden. Seine und die schon ältere Erfahrung Pirogoff's bezeichnen die betreffenden Schussrichtungen als
„glückliche“, weil die meisten Heilungen von Kniewunden, welche diese
Forscher sahen, grade hier angetroffen wurden. So lag es ausserordentlich nahe, die blossen Kapselschüsse von den übrigen Schussverletzungen des Kniees abzutrennen, indem man einfach folgerte, dass
sie leichter und ungleich häufiger als jene heilten.

Das ist die Schlussfolgerung, welche in der That nach dem deutsch-
französischen Kriege gemacht worden ist und die in Simon's Zusam-
menfassung der Resultate seiner Arbeit unzweideutig ausgesprochen

wurde. Die blossen Kapseleröffnungen sollen anders als die mit Knochen-verletzungen complicirten behandelt werden, denn das Contingent gelungener Heilungen fällt auf die ersteren, die grosse Lethalitätschiffre auf die letzteren.

In der That schien es unvermeidlich, von dem Fehlen der Knochen-verletzung den glücklichen Ausgang derjenigen Schüsse abzuleiten, bei welchen ihrer Richtung nach nur die Kapsel verletzt sein dürfte. Allein seit dem Kriege von 1870 und 71 hat man für eine rasche und glück-liche Heilung noch andere Gesichtspunkte kennen gelernt, als die Schwere der Verletzung an sich. Diese Reform der Anschauungen beginnt mit dem interessanten Bericht der Württemberger Aerzte aus dem Ludwigsburger Reservespital, in welchem sie 15 % aller Weich-theilschüsse unter dem Schorf, ohne Eiterung, verheilen sahen. Liegt die Nothwendigkeit einer Eiterung nicht im Wesen der Schusswunde, so wird sie nicht ohne Weiteres schlimmer beurtheilt werden dürfen, als etwa ein Messerstich. Nachdem einmal den Schusswunden ihre specifische Bösartigkeit, wie sie sich in der unvermeidlichen und reich-lichen Eiterung offenbaren sollte, genommen war, schuf den nächsten und grössten Fortschritt in unserer Erkenntniss derselben Kleb's Unter-suchung über ihren normalen Heilungsvorgang. Sein Fund, dass die verschiedensten von Projectilen durchbohrten Organe, Lungen, Leber, Milz und Gehirn mit auffallend geringen Reactionen auf den traumati-schen Reiz antworteten, mit andern Worten: ihre Wunden in einer der prima intentio gleichen Weise dann schlossen, wenn sie entfernt und abgesperrt von der Oberfläche und den auf ihr waltenden äusseren Einwirkungen blieben, diese — ich darf wohl sagen — Entdeckung von Klebs war der Wendepunkt in der Beurtheilung der Gefahr so-wohl, als der Therapie von Schussverletzungen. Auf Grund dieser Errungenschaft wurde das Resultat von Volkmann's vergleichender Mortalitätsstatistik analoger Kriegs- und Friedensverletzungen begreiflich. Sie zeigte, dass für die Mortalität einer complicirten Fractur der Zu-stand der Weichtheile von viel grösserem Einfluss ist, als der der Knochen und zwar in einem bis dahin ungeahnten Maasse. Obgleich die Schussfracturen in der Regel Splitterbrüche sind und die compli-cirten Friedensfracturen das nicht sind, starben selbst unter den ver-rufenen Verhältnissen der Krim-Campagne weniger Schussfracturen des Unterschenkels (25 %), als in den Musterspitälern Mitteleuropas während des Friedens complicirte Unterschenkelbrüche zu sterben pflegen (32,5%).

Die Arbeit des Chirurgen war im Einklang mit den Funden des Anatomen. Weil die complicirten Civilfracturen in ganz anderer Weise offen sind, wie die Schussfracturen, so schloss Volkmann, öffnen sie den einwirkenden Noxen in ungleich breiterer Weise das Thor und die bèqueme Bahn in die Tiefe, als die kleine Wunde der Weichtheile bei einer Schussfractur es thut. Nimmt man dazu, wie häufig nach den Ludwigsburger Erfahrungen diese kleinen Wunden unter dem Schorf sich schliessen, so liegt auf der Hand, dass es Schussfracturen geben kann, die wie die subcutanen des Alltagslebens einfach und rasch verheilen.

Diese Summe von Erfahrungen auf die Knieschüsse übertragen, modificirt den Simon'schen Schluss nicht wenig. Nicht dass es sich um eine einfache Kapsel- ohne Knochen-Verletzung in den 25 Simon-schen Fällen handelte, sicherte ihnen den glatten, glücklichen Verlauf, sondern der Umstand, dass die Weichtheilwunden hier rasch und schnell verheilten und dadurch die Tiefe von der Oberfläche abschlossen, war des Glückes und der Heilung wesentlicher, d. h. allein bestimmender Factor. Schon Socin betont, dass die bedeutende Verschiebung der Haut, welche Simon bei seinen Experimenten jedesmal nachweisen konnte, zur Erklärung des glücklichen Verlaufs herbeigezogen werden müsse. Sie eben verleiht, wie die Hautfaltung bei unseren Sehnenschnitten, der Wunde den subcutanen Charakter. Ob dabei der Knochen mit verletzt ist oder nicht, die Frage hat hinfort nur secundäre Bedeutung.

In den sieben guten Jahren, in welchen die Waffen der europäischen Heeresmächte ruhten, ist das klinische Rüstzeug der Chirurgen gewaltig gewachsen. Die ganze Lehre von der Wundbehandlung ist von Grund aus umgestaltet worden. Allein ihre Umgestaltung erwuchs auf dem Boden, welchen die Arbeiten über den normalen Heilungsvorgang der Wunden und dessen Störung durch äussere Potenzen geschaffen hatten. Wie bei den subcutanen Wunden die Schädlichkeiten der Aussenwelt sofort und bleibend durch den Schutz der erhaltenen Hautdecke eliminirt sind, so geht auch der Verband, den Lister erfunden und Volkmann zu bewunderungswürdiger Höhe entwickelt hat, darauf aus, die gefährlichen Agentien äusserer Einflüsse jeder Wunde von Anfang bis zum Ende fern zu halten.

In welcher Weise sollen wir dieser Aufgabe bei den Schusswunden und in specie den Wunden des Kniegelenks gerecht werden? Das war die Frage, die auch mich lebhaft beschäftigte, als ich dem Rufe meines Herrn und Kaisers folgte, um zur Donau-Armee zu eilen, welche in den ersten Tagen des Mai 1877 ihren Aufmarsch am mächtigen, von den Frühlingswassern hoch geschwollenen Strome nahm.

Es war damals grade die antiseptische Behandlung der Knieschüsse durch ein hervorragendes Beispiel von Volkmann auf dem Congresse deutscher Chirurgen in Berlin illustrirt worden. Eine Pistolenkugel war lateralwärts vom Lig. patellae in den Knauf der Tibia gedrungen und in demselben stecken geblieben. Synovia-Ausfluss und Anfüllung der Bursa extensorum mit Blut bewiesen die gleichzeitige Eröffnung des Kniegelenks. Nach Dilatation der Wunde wurde mittelst Meissel, scharfem Löffel und Elevatorium das fest steckende Geschoss entfernt. Eine Incision neben der Patella eröffnete das Kniegelenk, um es mit Carbolsäure auszuspülen und zu drainiren. Der tiefe, nach Ausmeisselung der Kugel entstandene Defect wurde ebenso desinficirt und mit einem Drainrohr versehen. An dem Falle feierte die Antiseptik ihren schönsten Triumph, denn schon nach 2½ Monaten hatte Patient im schwer verletzten Gelenk die volle Beweglichkeit und einen sichern Gang wiedergewonnen. Die für die antiseptische Behandlung penetrirender Gelenkverletzungen gewonnenen und an 14 Fällen der Halle'schen Klinik ausnahmslos bewährten Regeln durften hiernach ohne Weiteres auch auf die Schussverletzungen des Kniees übertragen werden. Nach bekannter, sorgfältiger Reinigung des Operationsfeldes wird unter Carbolspray das Gelenk eröffnet, die bestehende Wunde so weit blutig dilatirt, als nöthig ist, um mit dem Finger bequem das Gelenk-Innere zu untersuchen. Der Binnenraum wird mit 5 % Carbolsäure-Lösung wiederholt ausgewaschen, und an für den Abfluss günstigen Stellen werden Gegenöffnungen angelegt. In die Wunden kommen alsdann dicke Drainröhren, aber so, dass sie nicht quer durch das Gelenk führen oder sich gar in die Gelenklinie klemmen, sondern nur so weit hineinragen, als zur Ableitung aus der Synovialhöhle erforderlich ist. Dann schliesst man durch die Naht bis dicht an die Drainageöffnungen die Wunden und umhüllt mit dichten, weichen und reichen Lagen von carbolisirter Gaze die ganze Gegend.

Offenbar fordert bei den schweren Schussverletzungen der Gelenkkörper, wenn der Finger solche nachgewiesen hat, diese Methode ein weites Oeffnen des Gelenks, damit, wie bei den complicirten Fracturen der Diaphysen, die ganze Verletzungsstätte übersehen werden kann und zugänglich gemacht wird den Eingriffen, welche die völlig gelösten Splitter zu entfernen oder spitze Knochenenden und scharfe Zacken abzuzwicken haben. Erst wenn die Recessus gehörig ausgewaschen und in eine genügende Anzahl Contraaperturen die Drainröhren eingeführt sind, folgt der Verschluss, der comprimirende und aufsaugende Verband mit Carbolgaze, das Schienen und das Lagern.

Im Vertrauen auf die grosse Anzahl complicirter Fracturen, bei denen das gleiche Verfahren so rasch wie einfach die Heilung besorgt, würde man bei Schussverletzungen des Kniegelenks auf eben so glänzende Resultate rechnen können. Man würde es verantworten können, die Vortheile preiszugeben, welche die Kleinheit der Hautwunden bietet, wenn man eben eine Serie von complicirten Friedens-Fracturen durch dasselbe Procedere schon gerettet und fast ohne Eiterung geheilt hat. Doch wohl verstanden nur dann, wenn man seiner Technik sicher ist. Der ganze complicirte Apparat des Lister'schen Verbandes muss Einem unbeschränkt und in gehöriger Verfassung zu Gebote stehen. Es ist endlich unbedingt nothwendig, dass die Verletzungen frisch zur Behandlung kommen, d. h. möglichst bald, nachdem sie zu Stande gekommen sind, desinficirt und verbunden werden. Grade das ist bei der Hitze eines Sommers in der Türkei und bei der Häufung von Verwundeten an den Hauptverbandplätzen unerlässlich. In keinem Falle ist die Bedeutung der schnellen Hülfe für den antiseptischen Verlauf so klar mir geworden wie bei Kopfverletzungen. Ich secirte vor Plewna einen durch den Schädel geschossenen Mann, der 48 Stunden, nachdem er den Schuss erhalten hatte, gestorben war. Die eitrige Meningitis, die ja nichts anderes ist als eine acute, durch Infection von der Wunde aus entstandene Phlegmone, liess sich bis an's Ende des Rückgratskanals verfolgen! Ist diese perniciöse Wundschwellung einmal eingeleitet, so hat natürlich die primäre Wunddesinfection von ihrem Werthe alles eingebüsst; in dem Falle sind alle Vortheile, welche die von Haus aus primäre Antiseptik bietet, verloren.

Gewiss sind im Kriege Situationen denkbar, wo man ebenso gut wie in der Klinik mit seinen Heilmitteln schalten und walten kann. Bei einer Belagerung z. B. wird man mit etwas Mühe und Eifer für die Sache sich sein Operations- oder Verband-Local mit allen Attributen der Antiseptik ausrüsten können. Als im Verlaufe des Donaufeldzuges sich Russlands Heere zur Belagerung von Rustschuk anschickten, that ich mein Möglichstes, um grade hier mit angreifen und arbeiten zu können. Allein es ist bekannt, dass diese Veste weder cernirt, noch angegriffen wurde. Die Bomben aus Rustschuk sind mir manches Mal über das Haupt gesaust, einen Verwundeten haben sie mir niemals in die Hände gespielt. Das Kriegsdrama fand seine Katastrophen in einer ganz andern Gegend und versetzte bald schon die Aerzte in Situationen, in welchen von einem regelrechten Verbinden und Operiren überhaupt nicht mehr die Rede war. Nur in der Nacht des vielgeplanten und so glorreich gelungenen Donauüberganges stand auch ich mit dem vollen Lister'schen Apparat, mit Spray und trefflich präparirter Gaze auf dem ersten Verbandplatze, unterstützt von meinen Dorpater, im antiseptischen Verbande wohl geschulten Assistenten. Die Zahl der Verwundeten war gering, sie überstieg nicht 480, und helfende Hände waren in Fülle vorhanden. In kürzester Zeit nach der Verwundung waren die Getroffenen uns zugeführt — kurz ich habe es nicht lassen können, so wie ich das eben auseinandergesetzt, die Schussfracturen und unter ihnen auch Kniewunden (cf. Tabelle I. Nr. 43, 44) anzufassen. Allein ich nahm bald von meinen Versuchen Abstand, denn ich bin nicht im Stande gewesen, so vorzugehen, so scrupulös zu desinficiren, auszuspülen und auszuwaschen, mit der Sorgfalt zu verbinden und zu lagern, als meinen Ueberzeugungen und Erfahrungen nach es gerade dieser Verband bedingungslos fordert. Das Wasser, welches wir am Ufer der Donau schöpften, um in ihm unsere Carbolsäure zu lösen, war nichts weniger als klar und durchsichtig, sondern trübe von Schlamm, Koth und Sand. Zum Filtriren, ja zum Kochen selbst fehlten Zeit und Mittel. Die Spray-Apparate waren sofort verstopft und verdorben, und trotz überreichen Zusatzes von Carbolkrystallen verlor das zur Desinfection bestimmte Wasser nicht seinen Fäulnissgeruch. Es ist nicht leicht, die verwundeten Glieder der Soldaten zu reinigen, welche Wochen lang im Staube der rumänischen Steppen dahingezogen sind, ein Staub, von dessen Intensität kein Bewohner des cultivirten Mitteleuropa sich auch nur eine Vorstellung machen kann. Und wenn der Verband beendet war, dann mussten die Verbundenen auf offene, mit Stroh gefüllte Wagen gelegt und sofort weiter transportirt werden. Hohe Staubwolken wirbelten bei dieser Lagerung auf und hüllten bald die langen Züge der fortrollenden Wagen in Schatten und Dunkel. Buchstäblich deckt schon nach einer halben Stunde Wegfahrt eine mehr als Centimeter hohe Schicht des feinen, schwarzen Staubes der fruchtbaren Erde, welche hier die obersten Lagen des Steppenbodens bildet,

Gesicht, Kleider und Hände der Reisenden. Welche Mühe machte bloss die nothdürftigste Reinigung der meilenweit transportirten Verwundeten und Kranken! Obgleich schon am zweiten Tage nach der Schlacht ich meinen Patienten folgen durfte in die 8 Wegstunden weiter rückwärts erbauten Jurten, Zelte und Lehmhütten des rumänischen Dorfes Piätra, fand ich die „streng nach Lister" Verbundenen doch erst am 3. und 4. Tage wieder, in den von Staub und Jauche in gleicher Weise durchdrungenen Verbandstücken. Das Aussehen und der Verlauf mancher Fracturen des Unterschenkels und einiger primären Resectionen im Ellbogen und Schultergelenk befriedigte mich trotzdem und veranlasste mich, diese Fälle in gedachter Art weiter zu behandeln — meine Kniewunden aber mit primären Einschnitten, Drainagirungen und Desinfectionen verliefen sehr schlecht.

Ich habe seitdem nur in dem Kriegshospital zu Piätra noch einige Fälle mit antiseptischen Verbänden im Sinne des Lister'schen behandelt, aber das waren keine frischen, sondern bereits eiternde Fälle, und von der nöthigen Präcision und Consequenz im Durchführen des Verfahrens war auch nicht die Rede, da mich meine militärärztlichen Functionen hin und her warfen und mir nur zeitweiligen Aufenthalt im Hospitale gestatteten.

Indessen machte ich an den zahlreichen Verwundeten, die durch meine Hände gingen und an den wenigen, die ich längere Zeit in meiner Beobachtung behalten konnte, eine Erfahrung, welche mich nach einer andern Richtung hin Gewinnst aus dem antiseptischen Verbinden ziehen liess. Diese Erfahrung soll die Tabelle, welche ich hier einfüge, vorführen und entwickeln. Es sind in ihr bloss in nuce die Geschichten von 57 Knieschüssen niedergelegt und zwar nur derjenigen Verwundeten, die in den Kriegslazarethen Nr. 53 und 57, sowie in dem „baltischen Lazareth des rothen Kreuzes" verpflegt und behandelt wurden. Von diesen ist kein einziger ausgelassen worden, damit die Uebersicht sich auf die Gesammtzahl einer Hospitalgruppe bezieht und für eine solche das richtige Verhältniss von Genesungs- und Todesfällen wiedergibt. In diesen Hospitälern allein brachte ich längere Zeit zu und konnte mich darauf verlassen, dass die in meiner Abwesenheit von den Aerzten derselben ausgeführten Manipulationen ebenso zweckmässig, als ihre Notizen zuverlässig waren. Nach Piätra waren alle Verwundeten des Donauübergangs (15. Juni 1877), sowie die Mehrzahl der beim Sturm auf Nicopolis (3. Juli) Verletzten gebracht worden.

Später wurden hierher nur diejenigen evacuirt, welche in den Lazarethen Simnitza's nicht Platz finden konnten. Simnitza liegt hart an der Donaubrücke, der einzigen, über welche die Etappenstrasse der nach Bulgarien vorgerückten Armee gebot. Fünf Kilometer donauabwärts liegt das rumänische Dorf Simnitzelli auf dem hier steil abfallenden Ufer. Auf dem baumlosen Plateau hierselbst waren die Zelte des 57. Hospitals aufgeschlagen. Unweit davon standen die Zelte des für 100 Schwer-Verwundete eingerichteten baltischen Lazareths. Letzteres war mit allem Comfort ausgerüstet und gebot über einen reichen Heilapparat, ein vorzügliches Wartepersonal, gute Küche und tüchtige ärztliche Kräfte. Anders das Militärlazareth. Ursprünglich für 630 Patienten angelegt, hatte es allerdings ein für diese Zahl ausreichendes Inventar und Personal, einen ebenso intelligenten als humanen Oberarzt und arbeitsfreudige Ordinatoren. Allein an dem Sammelpunkte aller Verwundeten und Kranken, die von Bulgarien geradezu herüberströmten, gelegen, hat es nur ausnahmsweise und dann immer nur für ein paar Tage weniger als 2000 Elende zu beherbergen gehabt. Es verdient alle Anerkennung, dass Aerzte und Offiziere dieses Spitals es doch noch möglich machten, durch Construction von Schilfhütten und Improvisation von Dächern aus Segeln oder Soldatenmänteln die Unglücklichen, die ihnen immer nur zu Hunderten zugeführt wurden, vor den Gewittern, Regen und Stürmen der Steppe nothdürftig zu schützen. Schon Anfang September zeigte sich die Dyssenterie unter den Kranken und räumte im Laufe dieses und des folgenden Monats schrecklich unter ihnen auf. Mich selbst fesselte sie mehr als 14 Tage an mein Zelt, und den Oberarzt des baltischen Lazareths mussten wir todtkrank in die ferne Heimat evacuiren. Es ist kein einziger Arzt des Hospitals von dieser Krankheit oder später vom Typhus verschont worden. Auch von den Aerzten in Piätra, wo die hygienischen Verhältnisse günstiger waren, die vorschriftsmässige Zahl der Kranken nicht viel überschritten wurde und bei kälter werdender Jahreszeit die meisten derselben in den Bauerhöfen Platz fanden, sind 3 von den 10 Hospitalärzten ein Opfer des Typhus geworden.

Es ist hier nicht der Ort, auf die ungünstigen, ja erbarmungswürdigen Zustände in diesen überfüllten Hospitälern einzugehen, ich habe bloss desswegen es nicht vermeiden können, von ihnen zu sprechen, weil sie zeigen, dass die Knie-Verletzungen, über welche ich berichte, schlecht, ja auf das Schlechteste placirt waren und unter äusseren

Verhältnissen behandelt werden mussten, die viel, mitunter selbst Alles zu wünschen übrig liessen. War doch das Geringste, was wir Aerzte auszusetzen hatten: der Mangel an Betten, es lagen fast alle unsere Verwundeten auf dem malariaschwangern Boden der walachischen Steppe!

Waren diese „enhospitalen" Arrangements schon traurig genug, so war der Transport von den Schlachtfeldern zur Donau noch schlimmer. In Bulgarien existiren keine Strassen. Die Chaussee, welche die Karten zwischen Sophia und Rustschuck zeichnen, hat unter Midhat Pascha's Gubernatorium gebaut werden sollen, ist auch hier und da, wie Gräben und grosse Steinhaufen zeigen, in Angriff genommen worden, practicabel ist sie aber auch heute noch nicht. Bei Sonnenschein und trockenen Tagen kann man durch das hügel- und klüftereiche Land querfeldein nach allen Richtungen gleich gut oder schlecht fahren — aber wenn es auch nur einige Stunden geregnet hat, so verwandelt sich die Humus-Schicht, welche etwa fusshoch über undurchlassendem Lehmboden steht, in einen zähen Teig, durch welchen die Pferde kaum fortkönnen. Ich selbst brauchte, trotzdem mir 3 gute Klepper vor meinen kleinen, ungarischen Wagen gespannt waren, nach und während längerer Regengüsse 3 volle Tage, um eine Strecke von 60 Kilometer, zwischen Sistowa und Plewna, zurückzulegen! Auf diesen trostlosen Wegen wurden die Verwundeten Schritt für Schritt Tage lang geschleppt, ohne dass man sie von den Wagen nehmen konnte. Die Wagen aber, die ausschliesslich zur Verwendung kamen, bestanden aus dem rohesten Fuhrwerk, welches in Deutschland und Frankreich nicht mehr zu finden ist: ein ressortloser, grob aus Holz zusammengeschlagener und auf Holzaxen gestellter Wagen, in dem zwei Schwerverwundete neben einander liegen konnten. Von den Linien vor Plewna bis Simnitza schleppten sich diese Transporte in der Regel 4—5 Tage lang. Sie passirten dabei zwei Lazarethe, in denen die Kranken gespeist und wohl auch frisch verbunden wurden. Auf der übrigen Wegstrecke mussten sie von dem Mitgenommenen zehren oder wurden auf einer Erquickungsstation des rothen Kreuzes mit dem Nothwendigsten versehen. Ich brauche nicht weiter zu schildern, in welcher Verfassung die langen Wagenreihen und ihre gequälten Insassen bei den Lazarethen vorfuhren!

Ich habe mich an all' dieses Elend und die schaurigen Bilder jener Tage erinnern müssen, da ich jetzt in den Berichten aus den Reservelazarethen der deutschen Länder im Jahre 1870 und 71 lese:

„wenn irgendwo, so müssen bei den Wunden des Kniegelenks die äusseren Verhältnisse des Verletzten die günstigsten sein," oder an einer andern Stelle hinsichtlich ihrer conservativen Behandlung die Bemerkung finde: „was ich in einer gut eingerichteten, luftigen Baracke wagen kann, würde ich im schlechten Hospitale vermeiden müssen."

Ich habe keinen Grund, die conservative Behandlung meiner Knieverletzten zu bereuen, obgleich ich sie unter Verhältnissen wagte, die wahrlich schlecht, ja über alle Begriffe schlecht waren. Gerade desswegen glaube ich ein Recht zu haben, auf meine Tabelle hinzuweisen und auf das, was ich aus ihrem Inhalt gelernt habe.

Nr.	Personalien.	Tag der Verwundung.	Reserve-Lazareth, in welchem die Behandlung durchgeführt wurde.	Eingangs-Oeffnung der Schusswunde.	Ausgangs-Oeffnung der Schusswunde.
1.	Iwan Rupez 22 J. Regiment Minsk.	15. Juni Donauübergang.	Nr. 53 (Dorf Piätra in Rumänien).	Streifschuss an der Aussenseite der rechten Patella.	
2.	Grigori Achmatow 30 J. Reg. Minsk.	15. Juni Donauübergang.	Nr. 53 Piätra.	Einwärts von der rechten Patella.	
3.	Roman Popow 34 J. Kosak.	15. Juni.	Nr. 53 Piätra.	Aussen von der linken Patella.	Hinter dem Capitulum fibul
4.	Anton Koschurenko 40 J. Reg. Minsk.	15. Juni.	Nr. 53 Piätra.	An der Seitenfläche des Cond. intern. tibiae sin. Die Kugel ist stecken geblieber	
5.	Login Leschenko 24 J. Reg. Archangel.	8. Juli vor Plewna.	Nr. 53 Piätra.	Ueber dem Cond. intern. femor. dxtr.	Ueber dem Co extern. femo dxtr.
6.	Grigori Kositsch 35 J. Reg. Minsk.	15. Juni Donauübergang.	Nr. 53 Piätra.	Einwärts vom Ligamentum patellae propr. sin.	Aeussere Häl der Fossa p plitaea.
7.	Anufri Antipänok 34 J. Reg. Susdal.	19. August vor Plewna.	Nr. 53 Piätra.	Mitte d. link. Patella, welche quer gebrochen ist.	Aeusserer Win der Fossa po
8.	Sergei Wassiljew 35 J.	30. August vor Plewna.	Nr. 57 beim Dorfe Simnitzelli am Donauufer.	Nach aussen von der rechten Patella.	Einwärts von Patella.
9.	Nikifor Wikrest 26 J. Bulgar. Landsturm.	20. August bei Eski-Sagra, jenseits des Balkan.	Nr. 57 Simnitzelli.	Nach aussen und oben von der Patella sin. Kugel steckt im Knie.	
10.	Wissarion Lasarew 25 J. Reg. Reval.	30. August vor Plewna.	Nr. 57 Simnitzelli.	Auf der rechten Patella. Kugel, welche auf der entblöss und fracturirten Patella liegt, w aus der dilatirten Oeffnung an 12. September entfernt.	

Ausgang der Verwundung.	Bemerkungen zum Verlauf.
Genesen. Bewegungen frei. Evacuirt den 11. Juli.	Synovia-Ausfluss auf dem Verbandplatze constatirt. Sofort Gypsverband. Beim ersten Wechsel des Gypsverbandes ist ein Erguss innerhalb des Gelenks nachweisbar. — Heilung unter dem Schorf.
Genesen. Bewegungen frei. Evacuirt den 11. Juli.	Auf dem Verbandplatz Gypsverband. Beim Wechsel desselben ein intraarticulärer Erguss nachweisbar. Synovitis serosa. — Heilung unter dem Schorf. — Es bleibt fraglich, ob Streifschuss oder Einheilung der Kugel vorlag.
Genesen. Bewegungen möglich. Evacuirt den 11. Juli.	Auf dem Verbandplatz Gypsverband. Synovitis serosa. Condylus externus tibiae dicker als auf der andern Seite.
Genesen. Bewegungen beschränkt. Evacuirt den 11. Juli.	Auf dem Verbandplatz ein Hämarthron constatirt. Sofort Gypsverband. — Heilung unter dem Schorf. — Die Kugel scheint im verdickten Gelenkkörper der Tibia eingeheilt.
Genesen. Bewegungen frei. Evacuirt den 8. August.	Schuss durch die Bursa unter dem Quadriceps. Patient traf am 19. Juli in Piätra ein mit Synovitis serosa bei starker Gelenkschwellung. Er war im Schienenverbande transportirt worden, welcher mit einem Gypsverbande vertauscht wurde.
Genesen. Evacuirt den 1. August.	Anfangs Schienenverband, später Gyps. Patient hatte ausserdem zwei volle Schusskanäle, einen in den Weichtheilen des linken Oberarms, den andern im Vorderarm.
Genesen. Evacuirt den 2. October.	Hat auf dem Schlachtfelde einen fensterlosen Gypsverband erhalten, der bis zum 25. August stand. Beide Wunden heilten unter dem Schorf.
Genesen. Bewegungen frei. Evacuirt den 5. October.	Umhüllung des Kniees mit Salicylwatte, fensterloser Gypsverband darüber auf dem Verbandplatze. Ankunft in Simnitzelli am 10. September. — Die im Stiefel gefundene Kugel war von den Seiten abgeplattet. — Beim Verbandwechsel am 16. September waren beide Wunden geheilt (Schorfheilung). Gelenk noch geschwollen.
Genesen. Evacuirt den 5. October.	Gleich nach der Verwundung Gypsverband, in welchem Patient über das Gebirge und weiter bis Simnitzelli transportirt wurde, wo er am 7. September eintraf. Vom 10. September bis 1. October Extensionsverband. Wunde bereits am 26. September geheilt.
Genesen. Evacuirt den 5. October.	Fensterloser Gypsverband auf dem Verbandplatz, in welchem Patient am 10. September in Simnitzelli ankommt. Patella durch Callus verdickt, unverschiebbar.

Nr.	Personalien.	Tag der Ver-wundung.	Reserve-Laza-reth, in welchem die Behandlung durchgeführt wurde.	Eingangs-Oeffnung der Schusswunde.	Ausgangs-Oeffnung der Schusswunde.
11.	Semen Ukopow 24 J.	30. August vor Plewna.	Nr. 57 Simnitzelli.	Nach innen und unten von der linken Patella.	Unterer Winkel der Fossa po-plitaea.
12.	Maksim Kosoi 27 J. 3. Schützenbrigade.	30. August vor Plewna.	Nr. 57 Simnitzelli.	Innerer Condyl. der linken Tibia.	Oberhalb des Ca-pitulum fibulae.
13.	Peter Tscherkassow 25 J.	30. August vor Plewna.	Baltisches Lazareth des roth. Kreuzes b. Simnitzelli.	Oberhalb der rechten Patella.	Im äusseren Ab-schnitt der Fossa poplitaea nahe über dem Capi-tulum fibulae.
14.	Chamidula Chamidow 24 J.	30. August vor Plewna.	Baltisches Lazareth bei Simnitzelli.	Lateralwärts von der rechten Patella.	In der Höhe de Epicondyl. intern femor.
15.	Iwan Duschetschkin 39 J. Reg. Archangel.	2. Septbr. vor Plewna.	Nr. 57 Simnitzelli.	Höhe des Condyl. extern. femor. sin.	Zwischen Patel und Condyl. in tibiae.
16.	Peter Aleksandrow 23 J. Reg. Esthland.	30. August vor Plewna.	Nr. 57 Simnitzelli.	Nach aussen von der linken Patella.	Hinter und übe dem Condyl. i femor.
17.	Wassili Panatusow 25 J. Kosak.	8. Juli vor Plewna.	Nr. 53 Piätra.	Die Mitte der rechten Wade.	Mitten auf der Patella.
18.	Makar Kosinetz 27 J. Reg. Schuisk.	18. Juli vor Plewna.	Nr. 53 Piätra.	Aeusserer Ab-schnitt der Fossa poplitaea sin. Die Kugel sass auf der Patella.	
19.	Nikolai Gubanow 34 J. Reg. Schuisk.	19. August vor Plewna.	Nr. 53 Piätra.	3 Finger breit über der linken Patella und etwas nach innen von der Mittellinie. Die Kugel steckt im Gelenk. Condyl. int. tibiae fracturirt.	

Ausgang der Verwundung.	Bemerkungen zum Verlauf.
Genesen. Bewegungen vorhanden. Evacuirt den 5. October.	Anfangs Schienenverband, dann Gyps. Ankunft im Hospital den 9. September. Am 21. September die Eingangsöffnung, am 28. September auch die Ausgangsöffnung geheilt.
Genesen. Evacuirt den 5. October.	Anfangs Schienenverband. 6. September Gyps. 9. September Ankunft in Simnitzelli. — Der fensterlose Gypsverband bleibt bis zum 29. September liegen. — Eingangsöffnung ohne Eiterung verheilt.
Genesen. Evacuirt den 2. October.	Auf dem Verbandplatz Gypsverband. Wunden fast ohne Eiterung bis zum 19. September geheilt. — Ausserdem noch eine Wunde der Handwurzel und ein Weichtheilschuss durch den linken Oberschenkel.
Genesen. Evacuirt den 28. Septbr.	Erst 8 Tage nach der Verletzung traf Patient ohne jeden Schienenverband im Lazareth ein, wo er in einen Gypsverband gelegt wurde, in welchem die Wunden schnell unter dem Schorf heilten.
Genesen. Evacuirt den 5. October.	Sofort Gypsverband. Am 23. September war die Ausgangsöffnung verheilt. Ausserdem ein voller Schusskanal durch den rechten Unterschenkel, aus welchem am 24. September ein Splitter der rechten Tibia extrahirt wird.
Genesen. Evacuirt den 5. October.	Gypsverband erst am 4. September in Sistowa angelegt. Eingangsöffnung bis zum 17. September unter dem Schorf verheilt. Ausgangsöffnung führt zu dem fracturirten Cond. int. femoris, von welchem mehrere Splitter entfernt werden. Die Patella ist unbeweglich und verdickt.
Genesen, Evacuirt den 6. August.	Synovitis serosa. Die eiternde Eingangsöffnung wird drainirt, heilt aber schon Ende Juli.
Genesen. Bewegungen vorhanden. Evacuirt den 2. October.	Gypsverband. Erst als die Eingangsöffnung vollständig verheilt war, wurde am 6. August die Kugel ausgeschnitten. Es folgte eine rasch sich rückbildende Synovitis serosa. Am 16. September war auch die Ausschnitts-Wunde verheilt.
Genesen. Evacuirt den 4. October.	Kam ohne Schienenverband mit eiterndem Kniegelenk am 23. August in Piätra an. Streckung in Chloroformnarkose, gefensterter Gypsverband. Fieber bis 3. September. Heilung der Wunde am 15. September.

Nr.	Personalien.	Tag der Ver-wundung.	Reserve-Laza-reth, in welchem die Behandlung durchgeführt wurde.	Eingangs-Oeffnung der	Ausgangs-Schusswunde.
20.	Michael Kolerpajew.	5. Juli in den Bal-kanpässen.	Nr. 57 Simnitzelli.	Ueber dem late-ralen Epicondyl. des linken Femur.	Unter der Patella.
21.	Iwan Kumanilin Reg. Podolsk.	15. Juni Donauüber-gang.	Nr. 53 Piätra.	Fossa popl. sin. Kugel ist stecken geblieben und wird an der Grenze des untern und mittlern Drit-tels vom Femur in der Mittellinie am 22. Juni entfernt.	
22.	Achmandula Chai-bulin 25 J. Reg. Reval.	30. August vor Plewna.	Nr. 57 Simnitzelli.	Am innern Rande der linken Patella. Kugel ist stecken geblieben.	
23.	Iwan Federtschuk 24 J. Reg. Podolsk.	15. Juni Donauüber-gang.	Nr. 53 Piätra.	Aeussere Seite des linken Oberschen-kels an der Grenze seines untern und mittlern Drittels. Fractura femoris in tert. infer.	Zwischen Patella und Condyl. int. femor.
24.	Wasili Gladun 32 J. 3. Schützenbrigade.	30. August vor Plewna.	Nr. 57 Simnitzelli.	Oberhalb des Condyl. int. fem. sin. Fractura femoris in tert. infer.	Ueber dem Condyl. ext. fem. sin.
25.	Philipp Lukaschuk 27 J. 3. Schützenbrigade.	22. August b. Lowtscha.	Nr. 57 Simnitzelli.	Oberhalb der linken Patella. Fractura femoris in tert. infer.	Ueber dem Con-dyl. int. und etwas nach innen.
26.	Franz Feigel 23 J. Reg. Libau.	22. August b. Lowtscha.	Nr. 57 Simnitzelli.	3 Finger breit über dem rechten medialen Epi-condylus. Fractura femoris in tert. infer.	2 Finger breit über dem lateralen Epicondylus.

Ausgang der Verwundung.	Bemerkungen zum Verlauf.
Genesen. Evacuirt den 5. October.	Der Eiter hatte sich weit unter dem Quadriceps aufwärts verbreitet; in Folge dessen 8 Einschnitte an den Seiten und der Vorderfläche des Oberschenkels, sowie eine grössere Incision durch die Fossa poplitaea in's Gelenk. Drainage. Bis zum 26. September waren alle Wunden geheilt.
Genesen. Evacuirt den 30. August.	Starke Eiterung zur Eingangsöffnung. Erweiterung der Ausschnittswunde am 7. Juli und Extraction mehrerer kleiner Knochenfragmente hierselbst. Drainage der Wunden.
Genesen. Evacuirt den 22. October.	Patient kam ohne Schienenverband am 12. September in Simnitza an. 15. September Lagerung auf eine eiserne Hohlschiene. Schwellung der Kniegegend mit tanzender Patella. Am 22. September war die Wunde vernarbt. Es bestand noch ein Erguss in der Gelenkhöhle, welcher mit Jodanstrich und Compression behandelt wurde und allmälig sich verkleinerte.
Genesen mit Ankylose. Evacuirt den 8. August. Verkürzung des Beins um 8 cm. Geringe Rotation nach aussen an der Bruchstelle.	Auf dem Verbandplatze ein Gypsverband mit Fenstern, der bis zum 28. Juni liegen bleibt. Synovitis serosa bei verheilten Wunden, die mit Schrumpfung der Kapsel sich zurückbildet. Compressionsverband. Massiger Callus. Heilung ohne Eiterung.
Genesen. Evacuirt den 5. October. Verkürzung um 3 Fingerbreite mit Ankylose.	Schon am 17. September waren beide Wunden vollständig geheilt, obgleich Patient auf dem Verbandplatze nur einen einfachen Bindenverband ohne Schiene erhalten hatte. — Synovitis serosa. — 26. September ein Gypsverband für den Transport. Der Callus umfasst die untere Hälfte des Femur.
Genesen. Evacuirt den 5. October. Verkürzung um 2 Fingerbreite.	Schienenverband. 29. August Gypsverband in Gorni Studen auf dem Transport nach der Donau. 14. September waren beide Wunden verheilt. Am 21. September mächtiger Callus, der die Bruchfragmente fest zusammenhält.
Genesen. Evacuirt den 15. Novbr. Verkürzung um 4 Fingerbreite. Ankylose, Kapselsclerose. Massiger Callus.	Gypsverband auf dem Verbandplatze. Patient kam am 9. September in Simnitzelli an. Am 22. September Entfernung des Verbandes. Lagerung auf einer Hohlschiene. 25. September Erweiterung der Ausgangsöffnung und Extraction mehrerer Knochensplitter vom untern Bruchfragment. Der Finger dringt von hier aus in's Gelenk. Extensions-Verband. Die Eingangsöffnung ist fast verheilt. 28. October: Nur wenig Tropfen Eiter entleeren sich aus der Ausgangsöffnung. 11. November: Der Callus hält die Fragmente gut zusammen.

Nr.	Personalien.	Tag der Verwundung.	Reserve-Lazareth, in welchem die Behandlung durchgeführt wurde.	Eingangs-Oeffnung der Schusswunde.	Ausgangs-Oeffnung der Schusswunde.
27.	Roman Sergejenko 27 J. Reg. Minsk.	15. Juni Donauübergang.	Nr. 53 Piätra.	In der Mittellinie, oberhalb der linken Patella. Fractura femor. Ausserdem eine Zwischen Trochanter major und Spina ilei sin. Endlich noch eine Mittellinie oberhalb des rechten Sprunggelenks.	In der Fossa poplitaea. in tert. inf. 2. Schusswunde. Zwischen Patella und Condyl. fem. int. 3. Schusswunde. Neben dem rechten Malleolus fibularis.
28.	Aleksei Räusow 35 J. Reg. Bessarabien.	24. August vor Plewna.	Nr. 57 Simnitzelli.	Hinter und über dem Condyl. int. femor. dxtr. Die stecken gebliebene Kugel wurde auf dem Verbandplatze einwärts v. d. Patella ausgeschnitten.	
29.	Leonti Smirnow.	18. August im Schipkapass.	Nr. 57 Simnitzelli.	Innerer Rand der linken Patella.	Innerer Abschnitt der Fossa poplit. sin.
30.	Feodor Lob. 29 J.	15. Juni Donauübergang.	Nr. 53 Piätra.	Mitte der linken Patella.	Condyl. tibiae sin.
31.	Kirill Stäzenko 36 J.	24. August bei Oblawa.	Nr. 53 Piätra.	Nach aussen und oben von der Patella sin.	Nach innen von der Patella.
32.	Simeon Pachadejew 37 J.	18. Juli vor Plewna.	Baltisches Lazareth bei Simnitzelli.	Ueber der linken Patella.	In der Fossa poplitaea.
33.	Franz Dudäk 29 J.	18. Juli bei Eskisagra.	Baltisches Lazareth bei Simnitzelli.	Lateraler Rand der linken Patella.	Wadenseite des linken Unterschenkels, unterhalb des Capitul. fibulae.

Ausgang der Verwundung.	Bemerkungen zum Verlauf.
Verkürzung von 8 cm. Massiger Callus hält die Fragmente zusammen. Evacuirt den 3. October.	Extensions-Verband mit Heftpflasterstreifen und elastischer Contraextension an der Tragbahre schon auf dem Verbandplatze. Am 28. Juni grosser Schnitt von der Fossa poplitaea aus auf die Bruchstelle mit Drainage der Wunde. Das dicke Drainrohr wird den Bruchfragmenten vorbei in's Kniegelenk geführt. Mitte August wird der Extensions-Verband entfernt. Der Callus hält die Fragmente fest zusammen. Im September sind alle Wunden mit Ausnahme derjenigen in der Fossa poplitaea geheilt. Aus ihr wurde ein grosser Sequester extrahirt.
Evacuirt den 5. October. Die Einschussöffnung granulirt noch.	Kam im Schienenverbande an. Am 30. September wird ein circumscripter Abscess unterhalb der Eingangsöffnung geschlitzt. — Dyssenteria catarrhalis während des Septembers.
Evacuirt den 5. October. Die Wunden granuliren noch.	24. August Gypsverband. Anfang September Schüttelfröste und Durchfälle, die nach einmaligen, grösseren Chinindosen nicht wiederkehren. Patient ist am 1. October fieberfrei, die Wunden granuliren gut und secerniren nur wenig Eiter.
Evacuirt im November.	Am 21. Juni eitrige Synovitis mit rascher Zunahme der Schwellung. Am 30. Juni Längsschnitte zu beiden Seiten der Patella. Quere Drainage des Gelenks. Anfang August Gegenöffnungen von der Fossa poplitaea aus in's Gelenk mit Drainage. Am 3. October war die Eingangsöffnung verheilt, das Kniegelenk abgeschwollen und ankylotisch. 22. October tiefe Fluctuation in der Mitte des Oberschenkels. Abscesseröffnung hierselbst.
Evacuirt im November.	31. August Gypsverband. Eitrige Kniegelenkentzündung, daher am 3. September grosse seitliche Incisionen und Gegenöffnung von der Fossa poplitaea aus. Quere Drainage. 22. October Kapselsclerose. Das Knie schmerzensfrei. Die Wunden granuliren gut. Kein Fieber.
Genesen. Amputirt den 28. August.	Verbreitete Eiterung am Oberschenkel wie Unterschenkel. Patella am obern Rande gestreift. Condyl. int. femoris zertrümmert.
Genesen. Amputirt den 16. September.	Verbreitete Eiterung am Oberschenkel. Schusskanal im Knochen beginnt von der Eminentia intercondylica tibiae, setzt sich durch den Condylus externus fort und zertrümmert das obere Drittel der Fibula in Splitter. Mehrere dieser Splitter sind durch Callusformation wieder mit einander verbunden. Caries der Gelenkflächen beider Femur-Condylen.

Nr.	Personalien.	Tag der Verwundung.	Reserve-Lazareth,in welchem die Behandlung durchgeführt wurde.	Eingangs-Oeffnung der Schusswunde.	Ausgangs-Oeffnung der Schusswunde.
34.	Timofei Korjutnuk 31 J. Reg. Ismail.	15. Juni Donauübergang.	Nr. 53 Piätra.	Condyl. extern. femor. sin. Kugel ist stecken geblieben.	
35.	Wassili Borisow 28 J. 2. Sapeur-Bataillon.	15. Juni Donauübergang.	Nr. 53 Piätra.	Condyl. extern. tibiae dxtr. Die stecken gebliebene Kugel ist oberhalb des Capit. fibul. ausgeschnitten worden.	
36.	Nikifor Litwinenko 40 J. Reg. Wolhynien.	15. Juni Donauübergang.	Nr. 53 Piätra.	Innere Seite der rechten Quadricepssehne.	Aeussere Seite derselben Sehne.
37.	Emilian Gubka 29 J. Reg. Wolhynien.	18. Juli vor Plewna.	Nr. 53 Piätra.	Köpfchen der linken Fibula. Kugel ist stecken geblieben.	
38.	Mehmed Ali 20 J. Türke.	3. Juli Nikopolis.	Nr. 53 Piätra.	Tuberositas tibiae dxtr. Kugel steckt im Gelenk.	
39.	Salim Mehemed 19 J. Türke.	3. Juli in Nikopolis.	Nr. 53 Piätra.	Ueber der Patella sin.	Handtellergross in der Fossa poplit. mit weit unterminirten Rändern.
40.	Radion Tschaikowski 26 J.	12. August im Schipkapass.	Baltisches Lazareth bei Simnitzelli.	Capitulum fibul. sin.	Epicondyl. medianus femoris.
41.	Sachar Jefremow 25 J. Reg. Wladimir.	30. August vor Plewna.	Nr. 57 Simnitzelli.	Nach innen von der Patella dxtr.	Lateraler Abschnitt der Fossa poplitaea.
42.	Michei Metschanko Reg. Galizien.	30. August vor Plewna.	Nr. 57 Simnitzelli.	Unteres Drittel der Innenfläche des recht. Femur.	Oberhalb des Condyl. extern.
43.	Stepan Nowoseletzki 26 J. 5. Ponton-Bataillon.	15. Juni Donauübergang.	Nr. 53 Piätra.	Oberhalb der linken Patella. Die Kugel, welche zwischen den Femurcondylen stecken geblieben war, wurde mit einem Tirefond extrahirt.	

Ausgang der Verwundung.	Bemerkungen zum Verlauf.
Gestorben den 28. Juni. Amputirt den 20. Juni.	Die Art. poplitaea war durchtrennt. Am 19. Juni beginnende Gangrän des blutig infiltrirten Unterschenkels.
Gestorben den 15. Juli. Amputirt den 12. Juli.	Gonitis suppurativa mit Eiterverbreitung unter dem Quadriceps und in die Wadengegend. — Grosse Schnitte zu beiden Seiten der Patella in's Kniegelenk. Contraaperturen von der Fossa poplitaea aus. Quere Drainage. Gewichtsextension.
Gestorben den 18. Juli. Amputirt den 13. Juli.	Gonitis suppurativa mit weiter Verbreitung des Eiters am Femur hinauf. Am 22. Juni Parallelschnitte neben der Patella. Die Knochen sind nicht verletzt. Der Schuss geht quer durch die Bursa unter dem Quadriceps.
Gestorben den 28. Juli. Amputirt den 25. Juli.	Gonitis suppurativa mit Verbreitung der Eiterung am Ober- und Unterschenkel. Schüttelfröste. 26. Juli progressive Gangrän des Stumpfs. — Condyl. extern. tibiae fracturirt. Kugel steckt in den Weichtheilen hinter dem Kniegelenk.
Gestorben den 30. Juli. Amputirt den 26. Juli.	Gonitis suppurativa. Kugel im Condyl. int. tibiae.
Gestorben den 29. Juli. Amputirt den 21. Juli.	Gonitis suppurativa. Verbreitung des Eiters am Oberschenkel hinauf. Den 26. Juli Ligaturblutung. Erneute Unterbindung von der Wunde aus. Gangrän des vordern Lappens.
Gestorben den 15. Septbr. Amputirt den 2. Septbr.	Pyämie. — Pyämische Gonitis am rechten Bein und zahlreiche Abscesse in dessen Wadenmuskulatur.
Gestorben den 9. Octbr. Amputirt den 7. Octbr.	Gonitis suppurativa. — Einschnitte und Extension mit schweren Gewichten. Pyämie. Eine Knochenverletzung hat nicht stattgefunden. Caries der Gelenkflächen.
Gestorben den 3. Octbr. Amputirt den 29. Septbr.	31. August Gypsverband. Patient ist fieberfrei, das Kniegelenk deutlich geschwollen. 19. September Fieber. Profuse Eiterung.
Gestorben den 10. Juli.	Auf dem Verbandplatze weite Eröffnung des Kniegelenks behufs Entfernung der Kugel, Glättung der Knochenwunde und Auswaschen des Gelenks mit Carbolsäure. Drainage und antiseptischer Verband mit Lister-Gaze. Als ich 3 Tage darauf den Patienten in Piätra vorfand, war der Verband von Blut und Jauche durchtränkt und übelriechend. Patient fieberte hoch. Gonitis suppurativa. Der Eiter verbreitet sich längs des Femur hinauf. Vom 6. Juli an Schüttelfröste. — Pyämie.

Nr.	Personalien.	Tag der Verwundung.	Reserve-Lazareth, in welchem die Behandlung durchgeführt wurde.	Eingangs-Oeffnung der Schusswunde.	Ausgangs-Oeffnung der Schusswunde.
44.	Aleksei Neboschenko 27 J. Reg. Wolhynien.	15. Juni Donauübergang.	Nr. 53 Piätra.	Mitte der rechten Patella.	Condyl. int. femor. dxtr.
45.	Fedor Tscherni 43 J. Bulgar. Landsturm.	19. Juli bei Eski-Sagra.	Baltisches Lazareth bei Simnitzelli.	Epicondyl. lateralis femor. dxtr.	Innerer Rand der Patella.
46.	Nikita Räkalow 30 J.	19. Juli bei Eski-Sagra.	Baltisches Lazareth bei Simnitzelli.	8 cm oberhalb des Condyl. ext. femor. sin.	Spitze der Patella.
47.	Michael Kasewkin.	18. Juli vor Plewna.	Baltisches Lazareth bei Simnitzelli.	Lateraler Epicondylus.	Einen Zoll tiefer an der medialen Seite des rechten Femur.
48.	Victor Atokar 37 J.	15. August Schipkapass.	Baltisches Lazareth bei Simnitzelli.	Tuberositas tibiae dxtr.	Medianer Rand der Biceps-Sehne.
49.	David Bojaff 27 J.	8. August Schipkapass.	Baltisches Lazareth bei Simnitzelli.	6 cm oberhalb der Patella.	Oberer Winkel der Fossa poplit.
50.	Iwan Dantschin 32 J.	12. August Schipkapass.	Baltisches Lazareth bei Simnitzelli.	Medianer Theil der Fossa poplit.	Tuberositas tibiae sin.
51.	Constantin Witt 22 J. Reg. Jaroslaw.	30. August vor Plewna.	Nr. 57 Simnitzelli.	Ueber der linken Patella.	Höhe des Condyl. int. femor.
52.	Larion Grinenko 29 J. Reg. Woronesch.	30. August vor Plewna.	Nr. 57 Simnitzelli.	Condyl. int. femor. dxtr. Die Kugel steckt im Gelenk.	
53.	Andrei Ismagenow 25 J. Reg. Libau.	22. August b. Lowtscha.	Nr. 57 Simnitzelli.	Aussen und unten von der linken Patella.	Insertionsstelle des Biceps.
54.	Iwan Ssergejew.	30. August vor Plewna.	Nr. 57 Simnitzelli.		
55.	Dimitri Bandaschew 32 J. 3. Schützenbrigade.	31. August vor Plewna.	Nr. 57 Simnitzelli.	Unterer Winkel der linken Fossa poplitaea.	Unter dem Condyl. int. femor.

Ausgang der Verwundung.	Bemerkungen zum Verlauf.
Gestorben den 2. Juli.	Primäre Resection der zertrümmerten Condylen des Oberschenkels. Sofort Extensionsverband mit Heftpflasterstreifen und elastischer Contraextension an der Tragbahre. — Pyämie.
Gestorben den 12. August.	Verbreitete Eiterung längs des Femur hinauf. — Pyämie.
Gestorben den 30. August.	Gonitis suppurativa. Verbreitete Eiterung am Ober- wie Unterschenkel. — Pyämie.
Gestorben den 7. August.	Chronische Septicämie. Durchfälle.
Gestorben den 7. Septbr.	Verbreitete Eiterung längs des Oberschenkels. — Pyämie.
Gestorben den 6. Septbr.	Pyämie.
Gestorben den 1. Septbr.	·Eitrige Parotitis. — Pyämie. — Durchfälle.
Gestorben den 8. Octbr.	Gypsverband mit Fenstern gleich auf dem Verbandplatze. Die Eingangsöffnung verheilte schnell. — Zur Ausgangsöffnung wurden mehrere Knochensplitter extrahirt. Grosse Eiterhöhle unter dem Quadriceps. — Pyämie.
Gestorben den 28. Septbr.	Gonitis suppurativa. 17. September grosse Einschnitte. Extensionsverband. Patient kam im einfachen Bindenverband, ohne Schienen, am 7. September im Hospital an. Vom 7. bis 17. September Gypsverband. — Tod an Pyämie. — Die Kugel steckt im Condyl. int.
Gestorben den 26. Septbr.	25. August Extensionsverband. — 15. September Erweiterung und Drainage der Ausgangsöffnung. — Durchfälle. — Pyämie.
Gestorben den 19. Septbr.	Starb bald nach seiner Aufnahme in's Hospital.
Gestorben den 13. Novbr.	Kam am 6. September ohne festen Verband an. 29. September Gonitis suppurativa. 1. October Incisionen mit Drainage des Gelenks. Tod an Dyssenterie. Die ganze Wade eitrig infiltrirt, desgleichen beide Vasti. — Caries des Kniegelenks.

Nr.	Personalien.	Tag der Ver-wundung.	Reserve-Laza-reth, in welchem die Behandlung durchgeführt wurde.	Eingangs-Oeffnung der Schusswunde.	Ausgangs-Oeffnung der Schusswunde.
56.	Peter Malartschuk 35 J. 3. Schützenbrigade.	30. August vor Plewna.	Nr. 57 Simnitzelli.	Ueber der rechten Patella. Kugel steckt im Gelenk.	
57.	Chalim Sali 40 J. Türke.	3. Juli in Nikopolis.	Nr. 53 Piätra.	Innenfläche des Oberschenkels über dem media-len Epicondylus.	Aussenfläche in gleicher Höhe.

Zu diesen 57 Fällen muss ich noch 2 Heilungen zählen. Sie betreffen Patienten, welche nach erfolgter Genesung an Krankheiten, die von ihren Kniewunden unabhängig waren, zu Grunde gingen. Da ich den Präparaten, welche ich in diesen Fällen gewann, meine Herren, Ihr besonderes Interesse zuwenden möchte, komme ich gleich und ausführlicher auf die beiden Beobachtungen zu sprechen. Wie gesagt, habe ich die primären Amputationen bei meiner Zusammenstellung nicht berücksichtigt. Mit Ausschluss dieser sind also unter 59 Knieverletzungen der betreffenden Hospitäler 30 geheilt worden, zwei unter diesen durch secundäre Amputation im Oberschenkel, 5 andere mit zweifelhaftem Resultat entlassen und 24 sind gestorben, darunter 9 zuvor noch Amputirte. Die 5 Fälle, welche mit gut granulirenden Wunden entlassen wurden und auf mich den Eindruck nahe bevorstehender Genesung machten, habe ich dennoch als zweifelhafte von der Gesammtsumme abgezogen, wenn ich das Procentverhältniss der Heilungen auf 55,5 und das der Todesfälle auf 44,5 beziehe. Es sind das Zahlen, die den früher gewonnenen nicht nachstehen. In einer fleissigen Zusammenstellung hat Heinzel[1]) eine Mortalitätsstatistik der conservirenden Behandlung von Kniegelenkschüssen gegeben. Um sie mit meinen Zahlen zu vergleichen, muss ich die secundär Amputirten seiner Seite

---

[1]) Deutsche militärärztliche Zeitschrift, 4. Jahrgang S. 305.

Ausgang der Verwundung.	Bemerkungen zum Verlauf.
Gestorben den 13. Octbr.	Gypsverband bis 12. September, dann Extensionsverband. Die Wunde granulirt gut, keine Eiterverbreitung. Seit dem 25. September Dyssenteria catarrhalis. Tod an Erschöpfung. Die Kugel steckt in der fracturirten Patella.
Gestorben.	

359 hinzurechnen, so dass sein Bericht, mit Ausschluss der primär Amputirten, sich auf 530 Schussverletzungen des Kniegelenks bezieht, von denen 38,5 mit dem Leben davon kamen und 61,5 starben. Warum die secundär Amputirten nicht aus einem Bericht über conservative Behandlung von Kniewunden fortgelassen werden dürfen, darüber hat sich Richter auf dem zweiten Congress deutscher Chirurgen deutlich genug ausgesprochen. Selbst in den luxuriös eingerichteten Reservelazarethen der deutschen Grenzlande ist während des französischen Krieges kein besseres Resultat, als das von 55,5 Heilungen erzielt worden, im Gegentheil, es bleiben alle hinter demselben zurück, so dass ein Feind der viel missbrauchten medicinischen Statistik hieraus schliessen dürfte, dass es für Knieschüsse vortheilhafter ist, unter den schlechtesten als unter den besten hygienischen Verhältnissen behandelt zu werden. Ich habe aber die Zahlen nicht aufgeführt, um mich noch ein Mal des Glücks zu freuen, das wir in der Behandlung unserer Knieschüsse hatten, sondern um mich in die Einzelfälle der Heilungs-Rubrik etwas zu vertiefen. Von den 30 geheilten Fällen sind 2 durch secundäre Amputation gerettet worden und 2 nachträglich gestorben, nachdem ihre Kniewunden in dem einen Fall ohne jede Spur von Eiterung, in dem anderen nach minimaler, oberflächlicher und kurz dauernder Suppuration geheilt waren. Ausser in diesen 2 Fällen war weiter in 21 Fällen (Fälle 1 bis 16, 18, 22, 23, 24 und 25 der Tabelle) der Verschluss der Wunde ohne oder mit nur geringer

Eiterung erfolgt. In den übrigen 5 Heilungs-Fällen (17, 19, 20, 21 und 26 der Tabelle) handelt es sich nur ein Mal (Fall 20) um eine Eiterung, welche weit über die Grenzen des Kniegelenks ausschreitet, sonst bloss um Drainirung der eiternden Schussöffnungen, Dilatation einer Wunde und Splitterextraction. Also unter 28 Heilungen nur einmal eine verbreitetere Eiterung!

Es geht daher unzweifelhaft und überzeugend aus meiner Tabelle hervor, dass die Chancen der Heilung an das Fehlen und Ausbleiben der Eiterung geknüpft sind. Wo diese aufgetreten ist, da nehmen sie rapide ab, da rettet auch die secundäre Amputation bloss 2 Mal in 11 Fällen das Leben.

Das Auftreten und das Ausbleiben der Eiterung ist aber nicht ohne Weiteres an die Schwere der Verletzung geknüpft. Unter den 23 raschen Heilungen ohne oder mit nur geringer Suppuration ist 5 Mal bloss die Kapsel verletzt gewesen (Fälle 1, 2, 5, 8 und einer der nicht in der Tabelle verzeichneten), 7 Mal handelte es sich um eine Schussrichtung von vorne nach hinten, die mehr oder weniger der Simon'schen Perforation ohne Knochenverletzung entspricht (Fälle 3, 6, 7, 11, 12, 13, 18). Aber unter diesen 7 Beobachtungen ist eine Knochenverletzung an der Patellarfractur (Fall 7) und eine zweite an Veränderungen des Condylus externus tibiae (Fall 3) nachzuweisen, in den übrigen hat sie möglicher Weise gefehlt. In dem Rest von 11 Fällen ist die Richtung des Schusses an sich schon Beweis einer Knochenverletzung, welche durch die Fractur der Patella (Fall 10) und Splitterextraction (Fall 16) ausser Zweifel gestellt ist. Ein Zweifel wird jetzt, wo man über die Ringel-Schüsse anders denkt als früher, wohl auch nicht laut werden. Zu einer Zeit, in welcher jeder Schuss, der ein Gelenk eröffnete, auch als sicherer und specifischer Erreger der traumatischen Entzündung angesehen wurde, war das natürlich anders, da nahm man keinen Anstand beim Ausbleiben der Reaction, die Kugel in gekrümmten Bahnen um Knochen und Kapsel herum verlaufen zu lassen. Wenn man heute wiederum den leichten und glücklichen Verlauf an die blosse Kapselverletzung knüpft, handelt man ähnlich: man hält die Complication mit der Knochenverletzung für eine so schwere, dass man sich bei glattem und raschem Heilungsverlauf nicht getraut, sie zu diagnosticiren. So ist es auch mir in dem Falle gegangen, welchem das Ihnen hiermit vorgelegte Präparat angehört.

Kopon Kwasigin, 26 Jahre alt, war am 30. August vor Plewna verwundet worden und hatte von mir sofort einen mit Carbolgaze gefütterten Gypsverband angelegt erhalten. Die Kugel war an der Seitenfläche des Condylus femor externus eingetreten und etwas weiter abwärts an der Seitenfläche des Condylus internus ausgefahren. Als ich am 8. September in Simnitzelli den Verband aufschnitt, war die Ausgangsöffnung fast verheilt, aus der Eingangsöffnung entleerten sich noch bis zum 23. September einige Tropfen Eiter. Am 1. October waren beide Wunden fest vernarbt und die Narben unbeweglich mit dem unten liegenden Knochen verwachsen. Da Patient an katarrhalischer Dyssenterie erkrankt war, konnte er nicht evacuirt werden. Die profusen, fieberhaften Diarrhoen consumirten seine Kräfte von Tag zu Tag mehr bis zum Tode am 15. November.

Das Präparat zeigt in der Haut zwei kreisrunde, mit der lateralen des einen und der medialen Fläche des anderen Condylus fest durch sclerotisches Bindegewebe verbundene Narben. Der hintere Abschnitt des äussern Condylus ist an seiner überknorpelten Gelenkfläche durch feine Furchen, deren Grund und Ränder glatt sind, in zwei Felder getheilt, wie die Abbildung (cf. Tafel) zeigt. Darauf folgt zur Fossa intercondylica hin ein Substanzverlust, welcher mit Granulationsgewebe erfüllt ist (cf. Tafel bei a). In der Fossa intercondylica und zwar in der Ansatzstelle der Kreuzbänder ist in diesem ein Knochenstück eingewachsen. Eine Lücke, die ich in die Kapsel, welche es fest umhüllt, geschnitten, macht es bei b sichtbar. Dieses Knochenstück ist offenbar aus dem Condylus externus ausgesprengt worden, in die Kreuzband-Insertion geschleudert und dort eingeheilt. Der mediale Condyl zeigt eine tiefe Schussrinne mit abgerundeten Rändern. Eine feine Fissur zieht aus ihr über die hintere Wölbung des Condylus. Der Grund der Rinne ist theils glatt, theils durch einen Zug Bindegewebsstränge mit der Kapselinnenfläche verbunden (cf. bei c). Die Kapsel selbst war geschrumpft, wie in der Zeichnung bei d und d' sichtbar. Insbesondere war die Bursa quadricipitis wohl auf die Hälfte ihrer Ausdehnung reducirt. Die Patella war beweglich.

Noch schwerere Gelenkfracturen, als die eben demonstrirte, gehören zu unsern Heilungsfällen, ohne oder nach nur minimaler Eiterung, das sind die Fälle 23, 24 und 25 der Tabelle. Hier ist das untere Femurende bis ins Gelenk hinein zerbrochen, die Bruchfragmente sind stark dislocirt und die Heilung ist in Fall 23 ohne einen Tropfen Eiter erfolgt. Patient hatte auf dem ersten Verbandplatz einen fensterlosen Gypsverband erhalten, nachdem die Wunden mit Bruns'scher Verbandwatte, die mit Spiritus getränkt war, bedeckt worden waren. Als ich 14 Tage darauf den Verband öffnete, waren beide Wunden vollkommen geheilt. Endlich ist in 2 Fällen, 4 und 22, die Kugel, in Fall 22 zweifellos, stecken geblieben und trotz der Gelenkeröffnung eingeheilt.

Recapitulire ich, so liegt in 23 raschen Heilungen 13 Mal eine notorische Knochenverletzung vor, also in der Mehrzahl der Fälle. Dazu kommt, dass wenigstens in einem der Heilungs-Fälle die Kapsel-Verletzung keine reine, d. h. nicht weiter complicirte war. Es ist das der Fall, von welchem das zweite der heute zu demonstrirenden Präparate stammt. Grade dieser Fall ist ausserordentlich einfach verlaufen.

Der Leibgardist Radiow Wiktorow hatte am Morgen des 15. Juni, als einer der ersten, welcher beim Donauübergang das feindliche Ufer betrat, drei Schüsse erhalten. Einen Weichtheilschuss durch den rechten Vorderarm, einen vollen Schusskanal durch das linke Kniegelenk und eine Schussfractur des rechten Femur. Wegen des Knieschusses hatte er einen Gypsverband bekommen, der 4 Wochen liegen blieb; als ich ihn dann entfernte, waren Ein- wie Ausgangsöffnung vernarbt. Ebenso rasch heilte der Weichtheilschuss an der oberen Extremität. Die Schussfractur führte aber zu gewaltigen Nekrosen und in Folge dessen mehrfachen Sequestrotomieen. Nach einer solchen, in der zweiten Hälfte des September acquirirte Patient ein Erysipel, dem er am 2. October erlag. Die Heilung des linken Kniegelenks war mithin seit zwei und einem halben Monat vollendet. Sie sehen, meine Herren, auf der Haut des Präparates zwei Narben, die runde entspricht der Eingangsöffnung. Sie liegt 3 Cm. oberhalb des lateralen Condylus, die mehr oval geformte, der Ausgangsöffnung entsprechend, befindet sich am medialen Rande der Patella. Bei Eröffnung des Kniegelenks fand ich die Bursa unter dem Quadriceps gänzlich geschwunden. Die Kugel hatte sie in schräger Richtung von oben nach unten durchsetzt. Die Patella war durch diese Schrumpfung unbeweglich mit dem Oberschenkel verbunden. Im Gelenk aber und zwar an den Seiten der knorpeligen Menisken lagen fest in die Umschlagstellen der Kapsel eingewachsen, mehrere kleine Tuchfetzen, die offenbar einem durch die Kugel mit hineingetragenen Stück von der Hose des Patienten angehörten. Das Hineinwachsen dieser Tuchstücke betraf den Seitenrand sowohl des medialen als lateralen Meniscus.

Hier hat also Heilung ohne Entzündung und Eiterung stattgefunden, obgleich mehrere Tuchstücke — Stücke der schmutzigen Soldatenhose — im Gelenke zurückgeblieben waren und im Gelenk einheilten. Die Veränderungen, welche die Kapsel zeigt, die Schrumpfung von ihren Umschlagstellen aus, gleicht derjenigen, welche wir bei längerer Ruhe der Gelenke überhaupt eintreten sehen.

Werfen wir einen Blick noch auf das Verhältniss der reinen Kapselwunden zu denen mit Knochenverletzung in den suppurirenden Fällen. Unter den 5 Heilungen dürften wohl nur ein Mal die Knochen verschont geblieben sein (Fall 17). Dieselbe Pirogoff-Simon'sche Richtung zeigen auch die Schüsse der beiden mit Erfolg Amputirten, aber beide Mal bewies die Autopsie, dass die Knochen in beträchtlicher Ausdehnung zersplittert waren. Unter den 24 Todesfällen findet sich die Richtung von vorne nach hinten 7 Mal verzeichnet, aber nur ein Mal (Fall 41) ging aus der nachträglichen Präparation die Integrität des Knochens hervor. Noch in einem Falle (36) fehlte die Knochenverletzung, der Schusskanal ging von der vorderen Femurfläche durch die Bursa des Quadriceps. Endlich weiter war 7 Mal die Kugel im Gelenk stecken geblieben (Fälle 34, 35, 37, 38, 43, 52 und 56) und wurde entweder extrahirt oder erst bei der Section gefunden. Ein Mal ist die primäre Resection, mit dem missglückten Versuch einer antiseptischen Nachbehandlung von mir gemacht worden (44). Ein Schuss aus grosser Nähe scheint in Fall 39 gefallen zu sein. Der handtellergrosse Substanzverlust an der Ausgangsöffnung wäre ausreichende Indication für eine primäre Amputation gewesen.

Unseres günstigen Heilungs-Verhältnisses Grund und Ursache kann, nach dem eben Auseinandergesetzten, nicht in dem Umstande gesucht werden, dass in der Beobachtungs-Serie jener drei Hospitäler, über die meine Tabelle berichtet, mehr reine Kapselverletzungen als anderswo vertreten sind. Es ist ja die Zahl einfach geheilter Knochenverletzungen grösser als die der blossen Kapselschüsse. Ein anderes Moment aber liegt in den mitgetheilten Notizen, dem ich sein Verdienst um die

Heilung nicht schmälern möchte. Sehen Sie sich, meine Herren, die Bemerkungen zu den geheilten Fällen an, so wird Ihnen nicht entgehen, wie oft hier angeführt worden ist, dass sofort auf dem Schlachtfelde oder dem Hauptverbandplatz in den ersten Stunden nach erhaltener Verletzung der Verwundete mit einem Gypsverbande versehen wurde. Unter den 23 Heilungen gehören 14 hierher, 6 Kapselschüsse und 8 Complicationen mit Knochen-Verletzungen. Von 13 Knieschüssen mit mehr oder weniger schweren Läsionen der Gelenkkörper, die genesen sind, wurden demnach 8 möglichst früh, schon auf den ersten Verbandplätzen mit einem Gypsverbande versehen. Mehrfach ist dieser Gypsverband ein fensterloser gewesen und lange liegen geblieben, ehe er gewechselt wurde. Ja einige Male waren, als man diesen ersten und einzigen Verband entfernte, die Wunden unter ihm complet geheilt So in der schweren Verletzung des sub No. 23 aufgeführten Iwan Federtschuk. Der Verband auf dem Schlachtfelde am 15. Juni angelegt, bleibt bis zum 28. liegen. Als ich ihn dann aufschneide, finde ich beide Wunden unter dem Schorf verheilt. Aehnlich verhielt sich Fall 4, wo die Kugel im Gelenkknauf der Tibia stecken geblieben war, sowie auch Fall 8 und andere. Von den beiden Heilungen, die ich am Präparate zeigen konnte, gilt dasselbe, sie waren im möglichst zeitig angelegten und lange liegen gelassenen Gypsverbande erfolgt. Wenn es möglich wäre, eine medicinische Geschichte des russisch-türkischen Krieges zu schreiben, so würde das Verdienst der russischen Militärärzte im frühen Anlegen der Gypsverbände entschieden gewürdigt werden. Während der langen Zeit, in welcher die Armee vor Plewna lag und während der verschiedenen Gefechte vor den Positionen des Feindes, waren die russischen Verbandplätze vorzüglich mit allen Utensilien, namentlich mit gutem Gypse ausgestattet. So kann ich selbst bezeugen, dass nach dem Ausfallsgefecht der Türken in der Nacht vom 19. bis 20. August jede Knochen- und Gelenkverletzung mit einem Gypsverbande versehen wurde, Dank der energischen Arbeit der Herren Armee-Chirurgen Duchnowski und Blumenfeld. Am 30. August, während der unglücklichen Sturmangriffe Sotows und Skobelews gingen durch den Hauptverbandplatz der 16. Division, an dem ich die chirurgische Arbeit leitete, gegen 3000 Verwundete. Die Sortirung derselben und ihre Vertheilung in die Stationen, die wir aufgeschlagen hatten, besorgte persönlich der Generalstabsarzt der Armee, Dr. Prisselkow, so präcise, schnell und sachverständig, dass in zwei Mal 24 Stunden die primären Amputationen, Resectionen und vor allem die Gypsverbände besorgt waren. Freilich war das arbeitende ärztliche Personal ebenso zahlreich als gut zusammengesetzt und fand in einer Gruppe sehr tüchtiger Petersburger Studenten der Medicin, sowie der trefflich geschulten Schwestern der Kreuzeserhöhung, welche die Huld der Frau Grossfürstin Katharina von Mecklenburg mir zur Verfügung gestellt hatte, eifrige, unermüdliche Unterstützung.

Als ich Anfang September von Plewna zurück in die Donau-Hospitäler kehrte, da habe ich viele, ja sehr viele der von uns frisch Eingegypsten wieder gesehen, und Gelegenheit genug gehabt, mich davon zu überzeugen, dass unsere Arbeit keine vergebliche gewesen war. So fand ich z. B. allein im evangelischen Hospital in Sistowa 7 Kniegelenkschüsse ohne oder nur nach kurzer Eiterung geheilt.

Diese Reise und die Gelegenheit, welche sie mir bot, Verwundete, denen ich selbst die erste Hülfe hatte angedeihen lassen, wieder zu untersuchen, zeigte mir, wie gross gerade die Bedeutung der ersten Hülfeleistungen ist. Wenn meine ganze Thätigkeit auf dem Hauptverbandplatze in nichts anderem bestanden hätte, als zu gypsen und den sehr ausgezeichneten und lieben Collegen in die Arme zu fahren, so oft sie ihre Sonden an den frischen Wunden versuchen wollten, um mit meinem Veto die Schussöffnungen vor dieser neuen, metallischen Noxe zu schützen, ich hätte mich grossen Verdienstes rühmen können. Ich habe durchweg gesehen und hundertfältig constatirt, dass diejenigen Schussfracturen und Wunden der grossen Gelenke am Besten gefahren sind, welchen ohne weitere Untersuchung die Verbandwatte hoch aufgepackt wurde und die dann mit dem ungefensterten Gypsverbande die lange, beschwerliche Fahrt in die Kriegslazarethe angetreten hatten. Es ist ja den grossen Kriegschirurgen, von welchen wir alle zu lernen pflegen, gerade ebenso gegangen: der günstige Verlauf hat ihnen dort am meisten imponirt, wo an diagnostischen Manövern, an Kugel-Suchen und Kugel-Ziehen, an Ausspritzen und Ausdrücken, Putzen und Zustutzen der Wunden am Wenigsten geschehen war. Aber wenn man selbst das Alt-Erfahrene neu erlebt, so ist der Eindruck doch ungleich gewaltiger, als der, den man aus der geistvollsten Feder und schärfsten Deduction gewonnen und nach Hause getragen hat.

Seitdem ward ich den Wunsch nicht los, noch ein Mal auf dem Verbandplatze in derselben Weise helfen zu können, eine Arbeit zu leisten, die mir so ungleich lohnender, als die in unseren inficirten Kriegslazarethen schien. In anderem Sinne, als es so oft heut zu Tage vom antiseptischen Curverfahren behauptet wird, hatte ich an meinen Verwundeten erfahren, dass in der That der erste Verband ihr Schicksal entscheidet. Ich wollte nun versuchen, wie viel von den modernen Heilmitteln sich der erprobten Heilidee dienstbar machen liess. In nichts anderem wollte ich die Aufgabe meiner ersten Verbände suchen, als in dem Ausschluss und Banne der Untersuchung, aller jener diagnostischen Manipulationen, an denen der Glaube der Aerzte so fest sich klammert, und dann in der Sorge dafür, dass auch weiterhin die Ruhe dem zerschossenen Knochen oder Gelenk gewahrt würde. Nur um dieses in höherem Maasse als früher möglich zu machen, wollte ich mich der antiseptischen Mittel bedienen. Ich plante die Wunden nach Aufhören der Blutung dick mit den von Thiersch in unsere Kunst eingeführten Salicyl-Stoffen, gut aufsaugender Jute oder Watte zuzudecken und fest zuzuschnüren. Ueber die Wattlagen sollte natürlich eine Makintosh-Decke kommen, damit die Wundproducte, ehe sie die Oberfläche erreichten, gezwungen würden, sich in der Watte auszubreiten. Ein fensterloser Gypsverband, der die ganze Extremität mit Schultergürtel oder Becken umfasste und fixirte, war bestimmt, das Ganze zu decken. Es war freilich von all' dem, was die Antiseptik thun soll, nur eines angewandt und ausgenutzt worden: die Aufnahme der Wundproducte in eine ihre Zersetzung hindernde Substanz. Allein dadurch gerade war die Möglichkeit gegeben, den Verband Tage und Wochen lang, vielleicht bis zu vollendeter Schorf-Heilung der kleinen Wunden liegen zu lassen. Verwerthet war eben die Kleinheit der Wunde und gewonnen die Chance für eine längere, ungestörte Ruhe derselben. Vielleicht liess sich noch eines dazu thun.

Der Krieg hatte mir Gelegenheit auch zur anatomischen Untersuchung frischer Schusswunden gegeben. Nichts fällt bei der Präparation einer frischen Schussfractur so auf, wie die colossale Verbreitung der Blutinfiltrate. Man sieht hier, wie arg die Blutung auch bei Schusswunden ist, wie aber das Blut, bei den eigenthümlichen Verhältnissen der Enge und ungleichen Weite des Schusskanals, sich in den Spalträumen des Bindegewebes verbreitet, ehe es nach aussen abfliesst. Ich habe an einem Abend fünf von mir wegen beginnender Gangrän amputirte Beine präparirt. Ueberall war eine colossale Blutinfiltration Ursache der Gangrän gewesen. Es ist am Ende begreiflich, dass diese dort, wo eine grössere Arterie, z. B. die Cruralis im Adductoren-Kanal verletzt ist, so gewaltig wird, dass sie den collateralen Kreislauf gar nicht aufkommen lässt, und doch war unter meinen Präparaten zwei Mal nur ein Gefäss geringerer Lichtung durch-, eventuell angeschossen worden: eine Articularis genu und die Peronea. Das Blut infiltrirt, namentlich in der Nähe der Knochen-Läsion, das Periost mitunter von einer Epiphyse bis zur anderen und geht hinter den festeren Fascien, z. B. den Ligamenta intermuscularia weit, ihrer ganzen Länge nach hinauf und hinab. Das kann, seit wir durch die Experimente Heppners und Garfinkels wissen, wie die Fascien in Schlitzform und die Muskeln vor und hinter ihnen in ganzer Breite vom Geschoss durchbohrt werden, nicht auffallen. Der geringste Wechsel in der Körperstellung und Haltung nach einer Verwundung, Perforation z. B. eines Gelenks, verschiebt den Schlitz im Kapselbande und kann unter Umständen ihn der Art in seiner Längsaxe spannen, dass er fest zusammenschliesst und keine Flüssigkeitsansammlung aus den Höhlen oder Spalträumen hinter sich nach aussen treten lässt. So nur erklärt es sich, dass man nach frischen Gelenkperforationen auf den Verbandplätzen die mächtigsten, intraarticulären Ansammlungen findet, Hämarthron-Formationen mit innerer Spannung des Bandapparates ohne Ausfluss von Blut oder Synovia. Das Gelenk zeichnet in bekannter, bogenförmig begrenzter Schwellung seinen Kapselansatz unter dem Quadriceps, zu Seiten der Patella liegen zwei pralle Wülste und sie selbst ist weit von ihrem Lager zwischen den Femur-Condylen abgehoben. Drückt man aber auch noch so kräftig sie nieder oder die ganze Gelenkgegend zusammen, man entleert doch weder ein Coagulum noch einen Tropfen Synovia aus dem abgeschlossenen Binnenraum der Kapselhöhle.

Die Bedeutung der Blutinfiltrate für den Verlauf der Schussverletzungen hat man gewiss unterschätzt. Das Blut ist der Zersetzung bestes Substrat. Es verfällt ihr zuerst und zunächst. Die Schicht Blut zwischen den Geweben steht mit dem Coagulum im Wundkanale und durch dieses mit der Aussenfläche des Körpers in Contact. So ist die Bahn zu den Noxen der Aussenwelt hergestellt. Die ganze Blutmasse in der Wunde und in den Geweben zerfällt primo loco und bringt die oberflächlichen wie tiefen Bindegewebslagen dergestalt mit Zersetzungsproducten in Contact, sie mit diesen ebenso weit imprägnirend, als es sie vorher infiltrirte. Die Panphlegmone ist so auf das Beste angelegt, eingeleitet und unaufhaltsam fortgeführt.

Wegen der erwähnten Verbreitung der Blutinfiltrate bieten die Schusswunden der Entfernung des ergossenen Bluts aus allen Schlupfwinkeln, Buchten und Recessus der verwundeten Region, mehr Schwierigkeiten, als die complicirten Fracturen des Friedens. Ich habe bereits bekannt, dass die zu solchen Reinigungen, Auswaschungen und Ableitungen nöthigen Eingriffe mir unter den obwaltenden, äussern Verhältnissen unzulässig schienen und dass ich daher vor allen Dingen meinen Patienten die Vortheile wahren wollte, welche sie in der Kleinheit ihrer äussern Wunden besassen. Sollte dieses Substrat der Zersetzung, das in die Gewebe ergossene Blut, fortgeschafft werden, so konnte höchstens der Versuch einer rascheren Resorption desselben erlaubt sein. Es verfällt bekanntlich jedes Extravasat unter allen Umständen einem verhältnissmässig schnellen Schwunde. Befördert man diesen noch z. B. durch comprimirende Verbände, so ist anzunehmen, dass mit dem rascheren Verschwinden des die Zersetzung vorzugsweise begünstigenden und weiter leitenden Materials, auch das Auftreten und die Wirkungen dieser selbst gehemmt und gemindert werden. Ich wollte in den frischen Fällen die antiseptischen Verbandstoffe, mit denen ich die Wunden zu verpacken gedachte, nicht bloss fest andrücken, sondern auch das ganze verletzte Glied einer circulären Compression durch den geplanten Verband aussetzen.

Die Gelegenheit zur Behandlung frischer Knieschüsse wurde mir geboten, als ein Befehl des Generals Totleben, der mit dem Fürsten Karl die Belagerungsarbeiten um Plewna leitete, mich in sein Hauptquartier rief und mich weiter den Colonnen des Generals Gurko zuwies, die Plewna umgehen sollten, um die türkischen Stellungen auf der Chaussee nach Sophia zu sprengen. Die Bewegungen der hierzu designirten Gardedivisionen erfolgten aber mit grösster Schnelligkeit. Ihr Fuhrpark und ihre Feldlazarethe wurden in Folge dessen soweit zurückgelassen, dass bloss die Regimentsärzte mit dem, was ihr Reitpferd tragen konnte, zur Stelle waren, als der Sturm gegen Telisch und Gorni Dubnik, die Schlüssel der türkischen Stellung, begann. Die Gefechte hatten am 12. October Mittags stattgefunden. Erst am 13. trafen aber unsere Lazarethwagen und Verbandutensilien ein. Ohne Weg und Steg mussten die grossen, schwer bepackten Fuhrwerke sich durch ein dichtes Eichengestrüpp, bergauf und bergab, durch Flüsse und Sumpflachen arbeiten, ehe wir mein Verband- und Operationszelt am Widflusse aufschlagen konnten. So waren mehr als 24 Stunden verflossen, bevor ich meine ersten Verbände anlegen konnte. Zudem hatten alle Soldaten sogleich nach ihrer Verwundung von den Feldscherern, den Regiments- und Bataillonsärzten die bekannten »ersten Bedeckungen« erhalten. Die Watte aus Taschen, welche Wochenlang durch den Staub und Koth der Steppe umhergeschleppt sind, ist selbstverständlich zu gleichen Theilen mit organischem und unorganischem Schmutz durchseucht, so dass mit diesen vorbereiteten Plumasseaux und Torunden, ein ansehnliches Quantum Infectionsstoff der frischen Wunde aufgepackt wird. Ich darf also leider nicht sagen, dass ich Wunden aus einer Zeit, wo äussere Schädlichkeiten sie noch nicht getroffen, in Behandlung bekommen hätte. Es ist allgemein bekannt, wie wichtig aber gerade das frühzeitige Verbinden der Wunden ist und dass für ein Gelingen des antiseptic Treatment die Zeit, welche bis zum Anlegen des ersten Verbandes verflossen ist, entscheidend werden kann. Ein Blick auf die Tabellen, welche von Volkmann, Thiersch, Schede und Moritz aus ihrem reichen Material complicirter Fracturen zusammengestellt sind, zeigt diese Bedeutung.

Jedem, der auf einem Hauptverbandplatze gearbeitet hat, ist es bekannt, wie wenig man Herr seiner selbst ist und dass die Blutstillung und die primären Amputationen allem andern vorzugehen haben. Nur in den Operationspausen konnte ich mich mit den Knieen befassen. Einer meiner Assistenten — Dr. Benewolenski, dem ich für seine ausdauernde Unterstützung meiner Bemühungen zu grossem Danke verpflichtet bin — suchte die geeigneten Fälle auf, welche allmählig von allen Seiten zusammengetragen wurden. Es wurden indess für unsere Beobachtungen nur solche Fälle reservirt, bei denen unzweifelhaft die Knochen des Kniegelenks lädirt waren. Die Kapselschüsse ohne nachweisbare Knochenverletzung oder mit der Simon'schen Richtung verbanden wir zwar in gleicher Weise, sandten sie aber in andere Lazarethe.

Aus der Menge von Wagen, die zum Transport der Blessirten requirirt oder aus dem fernen Russland mitgenommen waren, standen mir bloss 10 zu Gebot, die ich für die Ueberführung meiner Knieschüsse in ein Lazareth des rothen Kreuzes bestimmt hatte. Dieses Lazareth war von den baltischen Provinzen Russlands gestiftet worden und anfangs, nahe dem unter meiner Aegide stehenden 57. Militärlazareth beim Dorfe Simnitzelli placirt gewesen. Zur Zeit der Kämpfe auf der Chaussee Plewna-Sophia war es über die Donau translocirt worden in die Stadt Sistow, wo eine Serie verlassener türkischer Häuser neu für das Lazareth her- und eingerichtet wurden. Unter allen auf dem Kriegsschauplatz construirten Lazarethen war dieses das bei weitem beste und am Reichsten ausgestattete. In der That liess sein Inventar an Gegenständen der Krankenpflege und des Verbandes nichts zu wünschen übrig. Das Lazareth war meiner Oberleitung unterstellt und die Abtheilung, in welche ich meine Verwundeten dirigirte, wurde von Dr. Assendelft, Vorstand einer chirurgischen Abtheilung im Obuchow-Hospital zu St. Petersburg, besorgt. Mit meinem sach- und fachkundigen Collegen hatte ich mich über den weiteren Curplan, in bereits geschildertem Sinne verständigt, ihm danke ich die getreue und geschickte Durchführung desselben, sowie die Notizen über das weitere Schicksal der Kranken.

Nicht weniger als 4 volle Tage und Nächte waren die 15 Fracturen des Kniegelenks, die ich aus der Schlacht von Gorni Dubnik gesammelt hatte, auf der Reise, ohne dass sie vom Wagen gerührt werden konnten. Speise und Trank hatte ich ihnen mitgegeben, der Aufopferung von Dr. Benewolenski danke ich es, dass durch alle Schwierigkeiten des Weges und Wetters der Transport glücklich sein Ziel erreichte. Es regnete und stürmte beständig, die Wagen blieben im Schmutze stecken, ihre Axen zerbrachen und selbst von den Pferden fielen mehrere, kurz es handelte sich um einen Zug mit nur allen erdenklichen Hindernissen, bis am Morgen des 5. Reisetages die 15 Patienten im baltischen Lazareth geborgen werden konnten.

In der nachfolgenden Tabelle habe ich über diese 15 ausgesuchten Kniefracturen berichtet. In einer eigenen Columne ist angegeben wie viel Zeit bis zum Anlegen meines Verbandes verstrichen war. Verbunden sind alle in gleicher Weise, wie ich ausführlich dargelegt habe.

Das verwundete Bein wurde mit Carbolsäure - Lösung oberflächlich
gereinigt und dann in 10 % Salicylwatte gehüllt, deren Lagen um
das durchschossene Knie in besonderer Dicke angehäuft wurden. Mittelst
einer Gummibinde wurden diese Lagen dann zusammen- und angedrückt,
worauf ein Gypsverband folgte, der Sprung- und Hüftgelenk mit ein-
schloss und immobilisirte.

Nr.	Personalien.	Stunden, welche zwisch. Verwundung u. Anlegen des Verbandes verstrichen waren.	Eingangs-Oeffnung der	Ausgangs- der Schusswunde.	Ausgang der Krankheit.
1.	Emilian Parchin.	30	Nach innen und unten von der rechten Patella. Grosse seitliche Beweglichkeit im verwundeten Gelenke.	Oberer Winkel der rechten Fossa poplitaea.	Genesen. Beweglichkeit im Gelenk gering, doch legt Patient ohne Beschwerden grosse Wegstrecken zurück.
2.	Miron Rolgin.	30	Einwärts vom Lig. proprium patellae sin.	Nach aussen und oben von der linken Patella.	Genesen. Beweglichkeit im Gelenk minimal. Macht auch ohne Stock weitere Spaziergänge.
3.	Prokofi Uschenko.	30	Nach aussen von der Patella.	In gleicher Höhe nach innen von der Patella.	Genesen. Beweglichkeit vorhanden.
4.	Trofim Slusarew.	30	Nach innen von der Patella sin.	Lateraler Epicondylus des linken Femur.	Genesen. Beweglichkeit ausreichend frei.
5.	Michael Braschnikow.	48	Nach innen und unten von der Patella. Die Kugel steckt im Gelenk. Auffallende seitliche Beweglichkeit des verwundeten Gelenks.		Genesen. Beweglichkeit minim.
6.	Lawrenti Pawlow.	48	Nach aussen von der linken Patella.	Nach innen von der linken Patella.	Genesen. Geringe Beweglichkeit.
7.	Anton Nikoljukin 32 J. Leibg.-R. Ismailow.	48	Mitte der rechten, in Stücke zerbrochenen Patella. Die Kugel steckt im Gelenk. Wegen starker, seitlicher Beweglichkeit diagnosticirte ich eine Fractur durch die Femur-Condylen.		Genesen. Ankylose. Macht grosse Spaziergänge mit Hülfe eines Stockes.
8.	Stepan Golubew.	60	Medialer Condyl. der rechten Tibia. Kugel steckt im Gelenk. Ausfluss von Synovia. Hämarthron.		Genesen. Bewegungen so gut wie keine.

Bemerkungen zum Verlauf.

Der erste Verbandwechsel fand am 25. October statt. Keine Entzündungserscheinungen am mässig geschwellten Knie. Der nächste in gleicher Weise angelegte Verband bleibt bis zum 26. November liegen, bis wohin beide Schussöffnungen geheilt waren. Während der ganzen Behandlung überstieg die Temperatur niemals 37,5.

Der erste Verband blieb bis zum 20. November liegen, der zweite bis zum 24. December, der dritte bis zum 25. Januar. Die Wunde unter demselben geheilt.
Kein Fieber während der ganzen Curzeit.

Der erste Verband blieb bis zum 11. November liegen. Die Eingangsöffnung war verheilt, die Ausgangsöffnung eiterte noch. Am 22. December Verbandwechsel. Die Ausgangsöffnung granulirt gut und ist am 23. Januar complet vernarbt. Die Narbe der Austrittsöffnung sitzt unbeweglich auf dem Condylus intern. fest.
Kein Fieber während der ganzen Zeit.

Der erste Verband blieb bis zum 25. November liegen. Gypsverband noch bis zum 1. Februar.
Während der ganzen Zeit keine Temperaturerhöhung.

Erster Verbandwechsel am 25. November. Eintrittsöffnung verheilt. Gypsverband noch bis zum 10. Januar beibehalten.
Patient war während der Schlacht vom Regimentsarzte mit einer Tamponade (blutstillende Watte) seiner Wunde bedacht worden, die ich mit vieler Mühe lösen musste. Die Temperatur überstieg kein Mal 37,7. Kugel eingeheilt.

Der erste Verband blieb bis zum 8. November liegen. Am 14. December war die Ausgangsöffnung, 15. Januar auch die Eingangsöffnung übernarbt.
Temperaturen immer normal.

Erster Verbandwechsel am 5. November. Kniegelenk nicht geschwellt. Wunde granulirt gut. Nächster Verband bis 15. December. Die Wunde ist jetzt verheilt. Die verdickte Patella ist unbeweglich mit dem untern Abschnitt des Femur verwachsen. Die ersten Gehversuche werden wegen Empfindlichkeit des Kniegelenks erst am 8. Februar gemacht. Die Kugel ist eingeheilt.
Temperaturen immer normal.

Erster Verbandwechsel am 28. October, da Patient fiebert (Abends 38,6). Schussöffnung granulirt gut. Gelenk wenig geschwollen. Bis zum 23. Januar ist die Wunde vollständig vernarbt, dann erst wird am 26. Januar auf das Projectil, welches hinter dem Köpfchen der Fibula ertastet worden war, eingeschnitten. In einer Furche desselben steckt ein Knochenspahn, zum sichern Zeichen, dass der Knochen mit verletzt war.

Nr.	Personalien.	Stunden, welche zwisch. Verwundung u. Anlegen des Verbandes verstrichen waren.	Eingangs-Oeffnung der Schusswunde.	Ausgangs-Oeffnung der Schusswunde.	Ausgang der Krankheit.
9.	Feodot Rückow.	60	Aussen und unten von der Patella.	Mitte der Fossa poplitaea.	Genesen mit Ankylose.
10.	Danilo Fedorow.	30	In der Mitte der linken Patella. Die Kugel steckt im Gelenk. Patella zersplittert.		Genesen mit Ankylose.
11.	Aleksei Ignatjew 34 J.	60	Auf dem Condyl. ext. femor. sin.	Mitte der Fossa poplitaea.	Bleibt am 24. März mit fast geschlossener, gut granulirender u. mässig eiternder Wunde im Hospital zu Sistowa zurück. Kapsel des Gelenks sclerotisch. Knochen mässig verdickt. Vollständige Ankylose.

Bemerkungen zum Verlauf.

Erster Verbandwechsel am 6. November, bis dahin kein Fieber. Ausgangsöffnung verheilt, Gelenkgegend nur wenig geschwollen. Neuer Gypsverband. Schon am Abend des Verbandtages Fieber. Neuer Gypsverband bis 12. November. Die Schwellung des Kniees an der äussern Seite recht bedeutend, Haut hierselbst stark geröthet. Von der Eintrittsöffnung aus gelangt man mit der Sonde in eine mächtige Eiterhöhle auf der lateralen Seite des Kniegelenks, welche durch eine grosse Incision ausreichend gespalten wird. Gypsverband mit grossem Fenster. Die Abscesswände legen sich gut zusammen, doch sind im Verlaufe der Behandlung noch einige Incisionen nothwendig. Vom 20. November an kein Fieber mehr. Bis zum 30. Januar ist Alles geheilt.

Erster Verbandwechsel am 25. October wegen hoher Fiebertemperaturen, die Abends 40,0 erreichen. Die Wunde granulirt gut, die Kapsel ist nur wenig gefüllt. Am 6. November zweiter Verbandwechsel. Deutlicher Kapselerguss. Verdickung des untern Femurendes. Bis zum 2. December ist bei anhaltenden, abendlichen Fieberexacerbationen die Wunde verheilt. Am 18. December wird ein grosser Abscess an der Innenseite des Oberschenkels durch eine 17 cm lange Incision gespalten. Er lag über dem nicht entblössten, sondern mit Granulationen bedeckten Knochen. Ausserdem noch eine Contraapertur an der medialen Seite der Biceps-Sehne und in der Mittellinie über der Patella. Nach der Kugel wird vergeblich gesucht. Ausgedehnte Drainage. Gefensterter Gypsverband, täglicher Verband mit Salicyl-Jute. Vom 7.—14. Januar wandert ein Erysipel über Oberschenkel und Rücken. Profuse, den Patienten ausserordentlich schwächende Durchfälle. Ende Januar schwinden dieselben; Patient bleibt fieberfrei. Die gut granulirenden Wunden schliessen sich bis zum 20. Februar. Die grosse Incisionswunde ist tief bis an den Knochen eingezogen.

Erster Verbandwechsel am 24. October, weil der Verband blutig durchtränkt war. Gelenk durch fluctuirenden Erguss geschwellt. Wunden granuliren gut, kein Fieber. Ein zweiter Verband gleicher Construction bleibt bis zum 10. und ein dritter bis zum 23. November liegen. Bis dahin waren die Temperaturen normal gewesen, jetzt 38,2 und Schmerzen im Knie. Beim Verbandwechsel Erguss im Knie noch deutlich, Röthe um die Eintrittsöffnung, Ausgangsöffnung schon verheilt. Gefensterter Gypsverband. Drainage des Einschusses. Reichliche Eiterung bei normalen Temperaturen bis zum 27. Januar. Allgemeinbefinden bis dahin ausgezeichnet. Dann Abends Fieber bis 38,7 Temp. Dilatation der Eintrittsöffnung und Auskratzen aller schwammigen Granulationen mit dem scharfen Löffel. Das Fieber besteht fort. Die Sonde dringt in den schwammigen, morschen Knochen tief ein. Am 13. Februar wird in der Chloroformnarkose die entzündlich erweichte Knochenpartie ausgeschabt, wodurch eine hühnereigrosse Höhle im periostitisch verdickten Condyl. int. femor. geschaffen wird. In die Höhle kommen dicke Drainröhren, welche bei deren fortschreitender Erfüllung durch gute Granulationen mit immer dünnern vertauscht werden. Patient ist im März fieberfrei bei vollem Wohlbefinden.

Nr.	Personalien.	Stunden, welche zwisch. Verwundung u. Anlegen des Verbandes verstrichen waren.	Eingangs-Oeffnung der	Ausgangs-Schusswunde.	Ausgang der Krankheit.
12.	Anton Alenko 28 J. Moskauisches Leibgarde-Regiment.	48	Ueber dem Condylus int. fem. Die Kugel ist stecken geblieben.		Bleibt im Hospital zu Sistowa am 24. März mit nur wenig eiternder, gut granulirender Wunde, aber ankylotischem Knie zurück.
13.	Pimen Pichtin.	48	Lateraler Rand der linken Patella.	An dem hintern Theil der medialen Fläche des Epicondylus femoris int. Knochensplitter in der Wunde. Seitliche Beweglichkeit, Verkürzung des Beins, starke Crepitation.	Amputirt den 4. Januar in der obern Hälfte des Oberschenkels. Genesen.
14.	Jakob Wosmitschew 23 J.	60	Oben und aussen von der Patella sin.	Oberer Winkel der Fossa poplitaea.	Amputirt den 22. Februar in der Mitte des Oberschenkels. Genesen.

Bemerkungen zum Verlauf.

Erster Verbandwechsel wegen Durchtränkung des Verbandes am 24. October. Keine Schwellung des Gelenks. Der zweite Verband liegt bis zum 10., der dritte bis zum 22. November. Am 20. November zum ersten Male febrile Temperatur. Die Sonde dringt durch über das Niveau der Wundränder wuchernde Granulationen in den Knochen. Dilatation durch einen 8 cm langen Schnitt. Auslöffelung und Verbreiterung der cloakenförmigen Oeffnung im Knochen, in deren Grund die Kugel liegt, welche entfernt wird. 3 Drainröhren in die Wundhöhle. Gyps-Fenster-Verband. Vom 26. November an ist Patient fieberfrei. Die Wunde war Mitte Januar im Vernarben begriffen. Das Knie mässig verdickt, so gut wie unbeweglich und schmerzensfrei. Vom 17. bis 24. Januar gelblicher Belag und Zerfall der Granulationen, phlegmonöse Schwellung um die obern Winkel der Incisionswunde. Neue Dilatation und Drainirung. Am 2. März Eitersenkung zur Fossa poplitaea hin, medianwärts von der Biceps-Sehne. Incision hierselbst und Einführung von Drainröhren. Die anfangs reichliche Eiterung mässigt sich bei freiem Eiterabfluss und Abschwellung der Gelenkgegend bald. Alle 4—5 Tage Verbandwechsel. Die Drainröhren sind entfernt, die Wunden zum grössten Theil geschlossen. Patient soll erst nach vollendeter Heilung evacuirt werden.

Am 23. October erster, am 29. zweiter Verbandwechsel. Aus der Ausgangsöffnung werden mehrere frei zu ihr hervorragende Splitter entfernt. Patient fiebert von Anfang an und anhaltend mit abendlichen Exacerbationen. Auch am 30. October und 2. November werden noch Knochensplitter und Bleifragmente extrahirt. Gefensterter Gypsverband und tägliches Verbinden der Wunden mit Salicyljute. Vom 30. October bis 26. December subfebrile Temperaturen, Abends nicht über 38,3. Die Eingangsöffnung ist am 18. December vernarbt. Am 28. December wird wegen Röthung und Schwellung innerhalb der Fenster der Gypsverband entfernt und ein Abscess oberhalb des Condyl. int. durch eine lange Incision eröffnet. Der Finger gelangt durch die Wunde auf den in bedeutender Ausdehnung entblössten Knochen. Die Grösse dieses Sequesters, der von oben nach unten in der Längsrichtung der Kniekehle verläuft, gibt Veranlassung zur Amputation vom Femur mittelst des Bruns'schen Lappenschnitts. Ein Theil des vordern Lappens wurde gangränös. Heilung bis Ende März.
Ueber das Präparat, welches besonderes Interesse bietet, wird an der Hand einer Abbildung andern Orts referirt werden.

Verbandwechsel am 24. October. Ausgangsöffnung bereits verheilt. Knie durch Erguss in seine Höhle geschwellt. Derselbe Verband fortgesetzt. Patient fiebert Abends zwischen 38,6 und 40,1. Am 28. October Punction des Gelenks mit Entleerung serös blutiger Flüssigkeit und Ausspülung mit 2^1/$_2$ % Carbolsäure-Lösung. Das Fieber besteht fort. Wiederholung der Punction und Ausspülung am 31. October. Lagerung auf eine Hohlschiene. Am 19. November, da die Fluctuation im Gelenk sich auf- und einwärts verbreitet hat, grosser Schnitt an der medialen Seite und Gegenöffnung in der Mittellinie. Allgemeinbefinden bessert sich, doch besteht das abendliche Fieber fort. 4. December Schnitt auf der lateralen Seite und quere Drainage von den Seitenschnitten aus. Das Fieber weicht. Euphorie. Am 7. Januar beginnen die Granulationen an der medialen Wunde zu zerfallen. Das Knie schwillt stärker an. Gefensterter Gypsverband und Bestreuen der Wunde mit Salicylsäure. Der Zerfall verbreitet sich am 1. Februar in die Tiefe. Der Eiter wird stinkend und reichlicher, namentlich bei Druck auf die Patella, entleert, daher Amputation. Rasche Wundheilung. Der laterale Rand der Patella war ausgebrochen und der Condylus femoris externus abgebrochen.

Nr.	Personalien.	Stunden, welche zwisch. Verwundung u. Anlegen des Verbandes verstrichen waren.	Eingangs-Oeffnung der	Ausgangs-Schusswunde.	Ausgang der Krankheit.
15.	Stepan Kissel 26 J. Moskauisches Leib-garde-Regiment.	48	Zwei Finger breit über der Patella, in der Richtung ihres medialen Randes. Ausserdem ein zweiter Schusskanal, der zwei Zoll unterhalb der Ausgangsöffnung des Knieschusses beginnt und einige Centimeter weiter aus- und abwärts endet. Ein sugillirter breiter Streif verläuft schräg über den Fussrücken.	Innenfläche des Unterschenkels an der Grenze seines obern und mittlern Drittels.	Amputirt den 24. November in der obern Hälfte des Femur. Gestorben den 3. December an Pyämie. (Drei Abscesse im linken untern Lungenlappen.)

Dass meine 15 auserlesenen Fälle wirkliche Knochenläsionen waren, geht meist schon aus der Schussrichtung, weiter aus der Beweglichkeit innerhalb der Gelenkkörper und endlich der Abstossung von Knochensplittern hervor. Fälle 1, 9 und 14 repräsentiren die Simon'sche Richtung. In Fall 1 zeigt die grosse seitliche Beweglichkeit des gestreckten Knies und in Fall 14 die Untersuchung des amputirten Beines die Knochenverletzung an. Ein Zweifel an letzterer bleibt also nur bei Fall 9, indessen heilt gerade dieser mit Eiterung und erst nach mehrfachen Incisionen. 5 Mal ist die Kugel im Gelenk stecken geblieben (Fall 5, 7, 8, 10 und 12). In 3 dieser Fälle heilte sie ein, 2 Mal ohne, ein Mal mit geringer Supuration; ausgeschnitten, eventuell ausgemeisselt wurde sie im Verlaufe der Behandlung 2 Mal.

So darf ich denn behaupten, dass von 15 Schussfrakturen des Kniegelenks 14, also alle bis auf einen mit dem Leben davon gekommen sind (macht nur 6.6% Lethalität!). In 8 Fällen erfolgte die Heilung ohne oder so gut wie ohne Eiterung, unter ihnen aber befanden sich 3 Fälle mit stecken gebliebener Kugel, einer mit Splitterfractur der Patella und einer mit grosser seitlicher Beweglichkeit im verwundeten Gelenke. In den übrigen 7 Fällen trat Eiterung auf, 2 Mal in geringerer, die übrigen Male in grösserer Hartnäckigkeit. Dennoch erstrecken sich die Eiterungen, wie das sonst so gewöhnlich und in Tabelle I. auch überreichlich vertreten ist, nicht längs des Femur hinauf und zwischen der Wadenmusculatur hinab, sie beschränken sich auf die Gegend des Gelenkes selbst. Das ist wohl auch der Grund

Bemerkungen zum Verlauf.

Verbandwechsel am 24. October. Tiefer Abscess längs der Innenseite des Ober-
schenkels. Hohes abendliches Fieber. Punction des Abscesses. Am 31. October drei
grosse Incisionen, eine vorn in der Mittellinie, zwei nach aussen und innen von den
Gefässen durch die Kniekehle in das erweiterte Gelenk. Drainage. Kräfteverfall durch
anhaltend hohes Fieber und die Eiterung. Schüttelfröste. Amputation mit Bruns'schen
Lappen. Ein Theil des vordern Lappens stirbt ab. Schüttelfröste wiederholen sich.
Der Condylus int. femoris war durchbohrt und ein Theil vom vordern Rande des
Condylus int. tibiae abgesprengt.

für das Gelingen der beiden hohen Oberschenkelamputationen. Eine
Ausnahme hinsichtlich der Eiterverbreitung macht allein der unglück-
liche Amputationsfall, welcher einen, aber den einzigen Pyämischen
betrifft.

Ich bin fern davon, in dem günstigen Verlauf von 15 Schussfracturen des Kniegelenkes, welche ich mir aussuchte, um an ihnen
einen bestimmten Curplan zu prüfen, auch den Grund und Beleg zu
einer neuen und sicheren Vorschrift für die Behandlung dieser schweren
Verletzungen zu suchen. Etwas ganz anderes habe ich an dieser
Mittheilung und Demonstration von Krankengeschichten und Präparaten
zeigen wollen. Nicht das Befolgen einer bestimmten Regel, und sei sie
noch so gut, sondern die wache Kenntniss von dem Wissen, woraus
sie hervorgeht und auf dem sie erbaut ist, gibt uns die Möglichkeit und die Macht, selbst da noch zu helfen, wo die äusseren Verhältnisse, wo die Ungunst der Situation und des Augenblicks uns am
präcisen Befolgen der Vorschrift hindern. In diesem Sinne bitte ich
Sie, meine Herren, die Schilderung meiner Erfahrungen hinzunehmen.

Ich habe mich nicht entschliessen können, die Vortheile der kleinen
Wunde, wie sie die Schussöffnungen repräsentiren, aufzugeben. Auch
eine primäre Desinfection des Schusskanals, etwa durch forcirte In-
jectionen in seine End-Oeffnungen habe ich nicht gewagt. Frühere
Erfahrungen liessen mich die Injection stärkerer Carbolsäurelösungen
in die Spalträume des Bindegewebes, welche ich bei der gedachten
Ausspritzung für unvermeidlich halte, fürchten. Sie reizen das

Zellgewebe und können vom Schusskanal aus sogar noch wirksame Ent-
zündungserreger in das laxe Bindegewebe treiben, ja sie dürften mitunter die ominöse Carbolintoxication heraufbeschwören. Selbst wenn
ich weit offene, d. h. breit klaffende Wunden mit Carbollösungen des-
inficire, werden Sie sehen, dass ich mich nicht der Spritzen oder
Irrigatoren bediene, sondern, wie ich das bei Volkmann gesehen
habe, aus nieder gehaltener Kanne den Wasserstrahl über die Wund-
fläche leite, diese abwaschend und nicht abspritzend. Wenn Lister
räth, die frische Wunde mit einem »Protectiv« zu bedecken, damit der
Reiz, und nach ihm der Eiter erzeugende Reiz der Carbolsäure von
dem Wundspalt abgehalten werde, so wird dieser Reiz der Carbolsäure
mit noch mehr Grund an einer Verbreitung oder gar gewaltsamer
Ausbreitung innerhalb der Bindegewebsstrata gehindert werden müssen.
Sie werden sehen, dass ich Abscesshöhlen, auch solche von grosser
Ausdehnung, viel lieber ihrer ganzen Länge nach schlitze, um sie dann
auszukratzen und mit Carbolsäure auszuwaschen, als dass ich sie bloss
ansteche und mit eben der Lösung ausspritze.

Weil ich die Mühen, die Zeit und die Sorgfalt, welche die Klinik
einem Knieschuss zuwenden kann, der Legion Verwundeter eines Haupt-
Verbandplatzes nicht widmen konnte, habe ich mich zu einem einfachen
Verfahren entschlossen, zu einem, welches auch der ungeübte Chirurg
leicht und rasch anwenden kann. Von solchen Rücksichten habe ich
mich in meiner militärärztlichen Laufbahn nicht emanzipiren können,
ja ich bin überzeugt, sie werden immer uns bestimmen, wo auch in
Zukunft die Kriege geführt werden mögen. Von der Hülfe auf dem
ersten Verbandplatze wird heute, wie immer, eines an erster Stelle ge-
fordert: die schnelle Bereitung und Zurichtung der Verwundeten für
den Transport. Diesen nicht nur schneller, sondern auch besser aus-
zuführen, gestattete aber der Verband gerade, welchen ich wählte und
übte. Für den Transport ist die Immobilisirung der Glieder durch er-
härtende Verbände noch nicht zu entbehren, zumal dann nicht, wenn
die Verwundeten solche Wegstrecken auf solchen Wagen zurückzulegen
hatten, wie die meinen! Der immobilisirende Verband muss ferner
einer sein, der lange unangetastet liegen bleiben kann. Dazu dienten
die dicken Lagen der Thiersch'schen Watte, welche sich als mächtige
Unterpolsterung der Gypshülse ebenso rasch, wie jede andere Unter-
lage appliciren liessen. Ein Verband, der lange ohne den sonst üblichen
täglichen Wechsel liegen bleiben kann, ist geradezu ein Postulat der

Kriegspraxis. Nicht immer sind an den Hauptverbandplätzen die Wagen, welche die Verwundeten weiter führen sollen, zur Stelle. Es dauert vielleicht ein Paar Tage lang, bis sie geschafft werden können. Das ärztliche Personal, welches kaum mit dem ersten Verbande der schwer Verwundeten und den primären Amputationen oder gar Blutstillungen fertig wird, muss von Neuem mit dem Verbinden anfangen, soll anders der Pflicht eines Verbandwechsels nach 24 Stunden genügt werden. Nach dem Verbinden verlangen und schreien die Verwundeten aber mehr als nach irgend einem Labetrunk, weil sie davon Minderung ihrer Leiden und raschere Heilung erwarten. Desswegen schon hat die Kriegschirurgie allen Grund, nach Verbänden von längerer Dauer sich umzusehen. Die besten Verbände sind die, welche mindestens acht Tage lang unverrückt und unberührt liegen bleiben können. Während dessen ist der Transport in das bezeichnete Feld- oder Reserve-Lazareth beendet und in diesem auch von Seiten der Aerzte die nöthige Musse gewonnen, um ebenso behutsam den alten Verband zu lösen als sorgfältig den neuen anzulegen. Insofern darf die Feld-Praxis zunächst sich daran genügen lassen, die modernen, antiseptischen Verbandstoffe nur dazu zu benutzen, um ein längeres Liegenbleiben der Verbände möglich zu machen. Das ist dann auch ein Fortschritt. Länger liegen bleiben kann nur der Verband, in dem die unvermeidliche Zersetzung der frischen und der älteren Wundproducte aufgehoben oder zum mindesten gehemmt ist.

Die Behandlung der in Tabelle II zusammengestellten Schussfracturen hat glückliche Resultate gehabt, obgleich zwischen der Verwundung und der Application des Verbandes so viel Zeit, in jedem Falle mehr als ein voller Tag verstrichen war. Darf ich nicht demgemäss auf noch bessere Resultate hoffen, wenn der Verband zu rechter Zeit, als erster der Wunde gleich nachdem sie geschlagen, angelegt worden wäre? Jedenfalls hat die späte Application des comprimirenden, festen und verschlossenen Verbandes nicht geschadet. Das ist ein wichtiger Punkt bei seiner Beurtheilung. Es liegt die Furcht, dass er hätte schaden können, nahe genug. Wo schon Wundentzündung, die verderbliche Infiltration der Gewebe mit Entzündungsproducten eingetreten ist, da wird ein Druck auf die Entzündungsgeschwulst sicherlich diese steigern und vor allem sie weiter, nach noch nicht ergriffenen Theilen und Schichten drängen. Offenbar sind nicht alle meine Fälle schon von der Ein- oder Ausgangsöffnung her inficirt gewesen, als ich sie verband. Die Tabelle zeigt, dass je früher verbunden wurde, desto besser meine Patienten fuhren und dass die schlimmen Fälle der Verband-Application des dritten Tages angehören. Hier darf freilich angenommen werden, dass die Störung schon angelegt und eingeleitet war, die sich später ganz regelmässig und primo loco durch das Fieber verrieth. Nur die zeigten Fiebertemperaturen, bei denen es zur eitrigen Entzündung in und am Gelenke kam. Fast bei allen, bei welchen der Verlauf nicht einfach, glatt und glücklich war, stellten sich die entzündlichen Störungen verhältnissmässig früh schon ein.

Meine Herren! Ein Beispiel habe ich Ihnen vorführen wollen guter Erfolge unter schweren, äusseren Verhältnissen, eines atypischen Verbandes, welcher wie die Lister'sche Regel bestrebt war, den Kenntnissen zu entsprechen und dem Wissen gerecht zu werden, welches wir von den Bedingungen der Wundheilung besitzen. Erfolge müssen wir nicht bloss mit dem erprobten Apparate zu erzielen suchen, sondern auch mit den Mitteln, zu welchen die Noth uns greifen heisst, wenn wir nur diese in dem vollen Verständniss unserer chirurgischen Wissenschaft wählen und combiniren. Nicht nach der Schablone, sondern in jedem einzelnen Falle nach erschöpfender Würdigung seiner Eigenthümlichkeiten, werden wir uns auch heute an das Verbinden der Wunden machen. Diejenige Regel, welche wie die des Lister'schen Verbandes, uns solches Eingehen und Vertiefen in den Einzelfall zur besonderen Pflicht macht, ist schon desswegen eine empfehlenswerthe. Wie es wahr ist, dass wir heute so weit gekommen sind, um die offenen und frischen Wunden unserer Patienten vor den Noxen der Aussenwelt zu schützen, so ist es auch wahr, dass wir diesen Schutz ihnen nur dann angedeihen lassen können, wenn jeder Einzelfall in seiner besonderen Weise unser Thun und Lassen bestimmt.

Die Uebungsstätte hierfür ist nicht der Verbandplatz, in der ihn beherrschenden Noth des Augenblicks, sondern die Klinik mit all' den Hülfsmitteln, die ihr zu Gebote stehen sollen. Sie ist der Ort, auf welchem wir die Forderungen unserer Wissenschaft ins Leben übertragen, wo wir die Kenntnisse, die wir erwarben und sammelten, fruchtbar zu machen suchen. Die klare Erkenntniss von dem, was wir wollen und von dem, was unsere chirurgischen Methoden und Regeln sollen, führt uns zu rechter Anwendung der als richtig erkannten Maxime. Dazu soll Ihnen, meine Herren, die Sie mir heute zuerst als Schüler gegenüber treten, zweierlei verhelfen: das reiche

Material dieser alten Anstalt und die strenge Rechenschaft, die ich über mein Thun allzeit Ihnen gegenüber geben werde. Indem ich Sie einlade, meinen Auseinandersetzungen, Vorführungen und Erklärungen zu folgen, bin ich mir wohl meiner Verantwortung bewusst. Ich scheue aber vor ihr nicht zurück, denn ich will Ihnen, meine Herren, keineswegs bloss gelungene Curen und gewünschte Resultate vorführen, ich will vielmehr in jedem Falle Ihnen ein treues und öffentliches Geständniss meiner Irrthümer ablegen. Indem Sie sich bestreben, den einfachen oder verwickelten Mechanismus derselben zu durchschauen, werden Sie selbst am meisten lernen. Ich lade Sie in meine Klinik zu eigener Thätigkeit und zu eigenem Urtheile ein. Suchen sie von vorne herein, nicht bloss die hörenden Schüler zu sein, sondern die strengen Kritiker ihres Meisters zu werden. Dann helfen Sie ihm auf's Beste im schweren Amt, zu Ihrem Nutzen!

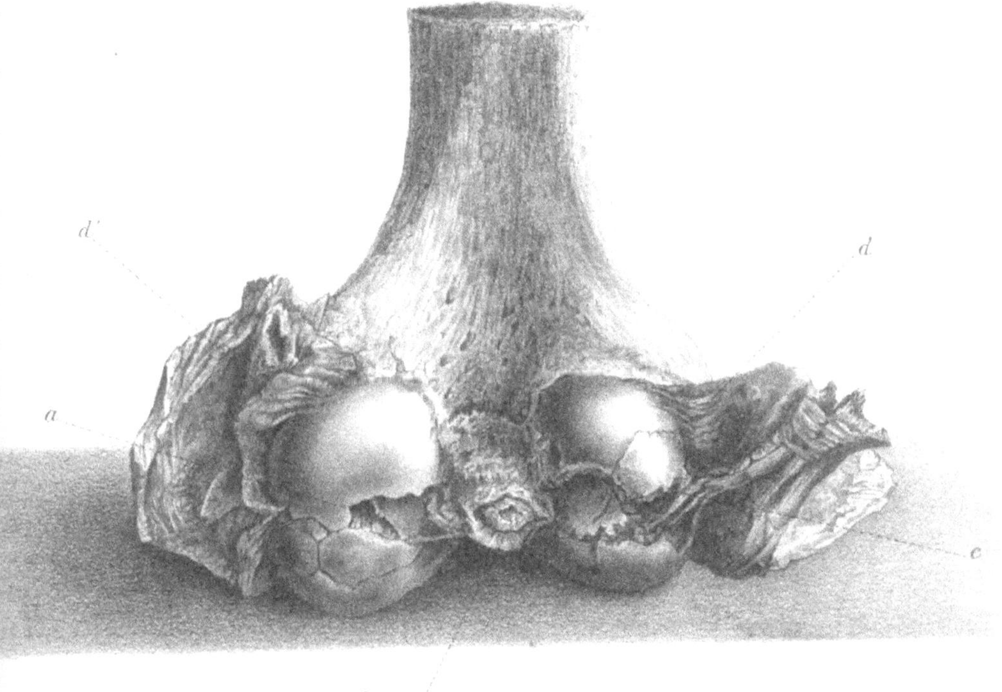

d'
d
a
c
b